バブル、盆に返らず

甘糟りり子

毎日がパーティみたいだった
いつでも新しくてわくわくすることが待っていた
あちこちにチャンスが転がっていた
金曜の夜というだけで浮き足だった
タクシーが本当に捕まらなかった
イヤリングがやたらと大きかった

本書は、そんなうかれた時代の記録である

目次

✦ ウォーターフロントのTバック

先日、クルーザーで行われたパーティに参加した。晴海埠頭から出港した船内ではルイナールが振舞われ、有名な日本料理店の仕出しがあって、バーカウンターでは寿司職人がせっせと寿司を握っていた。船は羽田空港に近づき、私たちはクルーザーのデッキで頭上を飛ぶ飛行機を見上げながら、シャンパーニュやワインを楽しんだ。

着飾った男女がにこやかな表情で探り合うような会話をしていて、なんだかバブルの頃によく見た景色だなあ、となつかしくなった。あの頃、いったいいくつこんな夜があっただろうか。

飲むでもなくグラスをもてあそんでいると、友人が一人の女性を私のところに連れてきた。

「この方、リリちゃんが恩人なんだそうだよ」

若くもないが中年でもない、つまりまさに女盛りの美しい女性が深々と頭を下げた。胸の辺りまで伸びた髪はサラサラで、サンドベージュのワンピースがよく似合っている。しかし、まったく記憶にない。私は正直にいった。

「ごめんなさい。どこかでお会いしてましたっけ？」

私は、名前や肩書き&経歴は忘れやすいけれど、顔形の記憶には自信がある。しかし、彼女の顔形はデータにはなかった。

「二十年以上も前に一度お会いしただけですから、仕方ないですよね。お目にかかったのは芝浦です」

「芝浦？」

「はい。『オー・バー』のオープニングで」

「オー・バー」のオープニングという単語で、私の記憶が一気によみがえった。ああ、あの時の！　あの子か！

「オー・バー」とは「O' BAR2218」のこと。「インクスティック」の跡地にできた大箱ディスコだ。

寂れた倉庫街だった芝浦はバブルに突入するやいなや、時代に目をつけられ、「タンゴ」

という運河沿いのレストランや「インクスティック芝浦ファクトリー」というライブハウスなどができて、「ウォーターフロント」と呼ばれ始めた。シーズンスポーツ・サークルの学生が大きな顔をしている六本木なんかとは違う、エッジの利いた業界人の溜まり場として一気に熱を帯びたのだ。業界人とは、広告とか出版とか音楽とかファッションといった類いの人で、彼らがかっこいい種類の大人たちとしてもてはやされていた。なーんてわかったようなことを書いたけれど、「ウォーターフロント」という呼び方も、しょせんは空間プロデューサーがＮＹから見つけてきたものだったんだけれどね。

そんな芝浦熱を決定的にしたのはかの「ＧＯＬＤ」で、それはまた別に書くとして、はしりだったのが「インクスティック芝浦ファクトリー」である。インクスティックも時代の荒波には勝てず数年後には閉店し、その跡地にできたのが「オー・バー」だった。

オープニング・レセプションがあった夜、代理店の男の子たちと西麻布で飲んでいた。こちらもオープンしたばかりのおでん屋だった。おでん屋といっても、あの頃よく見かけた「日本料理のジャンルですが、都会的におしゃれっぽく空間をプロデュースしてみました」といった店。つまり全然おしゃれじゃない。私たちの間では、この類は「いかにも系」なんて呼ばれていた。いかにも系で断トツ人気だったのは……などといちいち店の説明を挟むと、話がなかなか進まない。昔話って大変だなあ。

味のぼんやりしたおでんを食べていると、先輩の業界人から携帯電話に電話があった。ちなみに、この頃はまだ「携帯電話」は通話代がバカ高くて、チャラチャラしている人（含、私）がこけおどしに使う道具だった。

「アマカスにこんなこと頼むのは舌を噛み切りたいぐらいみっともなくて悔しいんだけれど、今、芝浦の『オー・バー』のオープニング・レセプションに来てる。すごい人だし、招待状もないし、中に入れないん……」

言葉をさえぎって、私は答えた。

「わかりました。私も、この後そっちに行こうと思ってたんです。そこで待っててください」

すぐさま会計をしてもらいタクシーを拾った。支払いは代理店の誰かが済ませた。誰だったかは忘れた。西麻布の交差点はタクシー激戦区だが、まだ九時前だったので、そう待たずに捕まった。

行こうと思っていた、というのは嘘。迷っていた。エッジィで最先端の空気が流れていたはずの芝浦がどんどんダサくなっていくのを見届けたいような、見たくないような気持ちだった。

しかし、すごい人だと聞き、俄然行く気になった。私も招待状なんか持っていなかったけれど、１９９０年の私に顔パスで入れないディスコはなかった。

三分も探せば誰かしらコネクションのある人が見つかる。タクシーの中から一本電話をして、「オー・バー」の入り口で私たちを出迎えてくれるように頼んだ。

人でごった返す入り口で、先輩たちは所在なく立っていた。スーツ姿のスタッフらしき人物に先ほど教わった名前を告げ、私たちは行列を横目に店内に入った。まるで呪文。私はこんな呪文をいくつも持っていた。

中はもっとごった返していて、熱気が渦巻いていた。芝浦もまだ捨てたもんじゃないのか、もう大衆のものになっちゃったのか、私は各フロアを回りながら自問自答し続けた。自分もれっきとした大衆だからこそ、大衆から抜け駆けしたくて仕方がなかったのだ。当時はそれに気がついていなかった。

大勢で店内を練り歩いた。その間、誰かが若い女の子二人組に声をかけ、さらに大人数になり、時々はぐれたり再会したりしながら、さらに練り歩いた。

何階だったかは忘れてしまったが、あるフロアにカプセルマシンがあった。コインを入れるとカプセルが出てくる機械だ。中身はキーホルダーでもおみくじでもなく、Ｔバックのショーツ。壁には、見本のカラフルなＴバックが大量に飾られていて、ないはずのお尻が見えそうなぐらいだった。

若い女の子の一人がいった。

「す、すごい……、こんな下着、はいたことないです」

もう一人もいった。

「男性にびっくりされちゃいそう」

私は上から目線で語った。

「あのねえ、私たち、たまに身体にぴったりした服を着るでしょう。そういう時、下着の線が出るのってダサいじゃん。だからＴバックをはくの。Ｔバックなら、線が出ないでしょ。男に喜ばれたりひかれたりするためじゃないの」

「そうなんですか……」

二人はそういって、自分たちのヒップを気にし始めた。線が出ていないかどうか、確認したのだろう。

すると、おじさんたち（若い女の子からしたら、私が引き連れていた男子は全員おじさんです）が、色めきたった。

「もしよかったら、買ってあげましょうか？」

女の子たちは顔を見合わせた。おじさんたちはにやにやしている。私はまたもや出しゃばった。

「ダメダメ。こういうの、恋人でもない男の人に買わせるとロクなことないから。私が買ったげる」

Ｔバックを買わせてロクでもない目にあった経験はないけれど、そんな言葉が口をついて出た。財布から五百円玉を取り出して、カプセルマシンに入れた。「いかにも系」の会計の時もタクシーを降りる時も、一切財布には手をかけなかったというのにね。出てきたのは薄暗い空間でもくっきりとわかる黄緑色のＴバックだった。

クルーザーで再会したのは、そのうちの一人である。彼女は、その後、芝浦にもディスコにも行かなくなって、結婚して出産して、そして離婚したという。

「あの時、リリコさんに買ってもらわなかったら、今頃私、○ニクロの下着はいてました」

「私も少しは役に立ったんだ。よかった」

私がその日はいていたのは、○ニクロのスポーツショーツだったけれど、そのことは黙っておいた。

私たちは再会を祝して、乾杯をした。船上からは芝浦の灯りがとても近くに見えた。

✦マハラジャのＶＩＰルームから

「マハラジャ」が開業したのは１９８４年の年末。入場料は男性が四千円、女性は三千五百円だったはず。令和なら忘年会の会費でも高額だと文句が出そうな価格である。あの頃のマハラジャでは、毎晩が大晦日のカウントダウンのようなにぎわいだった。

何もかもが日常離れした空間。店内がそのままパーティ会場といったらいいだろうか。

店側は入場の際のドレスコードを設けていた。ジーンズ（まだデニムという呼称はありませんでした）、短パン、サンダルはＮＧ。入り口ではドアマンが見張っていて、垢抜けない来客を「当店の雰囲気に合わない」という理由で追い返す。あからさまに差別することで客たちのささやかな優越感＆劣等感をあおり、話題になった。今これをやったらすぐに炎上するだろうけれど、世の中じゅうが「もっと上に行きたい」「さらにいい思いをしたい」とわめいていた時代である。ちょっとした運や順番で、きっと自分にもその番が回ってくるとたいていの人が信じていた。だから、不平等がエンターテインメントとして成立した。

麻布十番という不便な立地もマハラジャ人気に拍車をかけた。まだ大江戸線などなく、麻布十番に駅はなかった。最寄駅の六本木からでも徒歩十分以上はかかる。車で乗り付けるしかなかった。タクシーかもしくは車か。「わざわざ」感の演出になった。店のエントランスの横はガラス張りになっていて、ＢＭＷが飾られていた。当時の若者の憧れの車だ。その後、「六本木のカローラ」とからかわれるようになるなんて、まだ誰も知らない。

マハーラージャとはサンスクリット語で「偉大なる王」との意だそうだが、麻布十番のマハラジャはその名の通り、インドの王宮をイメージさせる作りだった。柱やら手すりやらあちこちが金色で、とにかく装飾過多。洗練なんて概念がばかばかしくなるほどだった。

従業員は赤や青の原色で大きな肩パッドが入った制服を着用し、ブロンザーで顔をこげ茶に塗り、眉毛を太く描いていた。格上の支配人クラスだけが黒いタキシード。ディスコの従業員を「黒服」と呼ぶのは、ここから始まったらしい。黒服は化粧をしていなかった。原色の制服を着た従業員は、酒を運ぶだけでなく、時には踊り、音楽に合わせて掛け声をかけ、動く舞台装置として機能していた。

一階はレストラン、二階がダンスフロア。それまでディスコは「フリードリンク、フリーフード」が普通で、供される食べ物は空腹を満たすためだけのものがほとんどだった。マハラジャにはレストランのようなメニューがあって、ディスコのご飯としては上出来のものが食べられた。スパゲッティ（この頃はまだパスタなんて呼称は一般的ではありませんでした）やサラダ、チキンバスケット、手巻き寿司なんていうのもあった。一斤分の分厚いトーストにはちみつをかけた「はちみつトースト」は人気メニューだった。それにアイスクリームをのせたものもあった。

飲食はチケット制。店内だけで通用するインド風の絵が描かれた「マハラジャ紙幣」があって、入場料を払うと何枚かそれを渡される。足りなくなったら、店内でその紙幣を買う。大きさも本物の紙幣とほぼ同じくらい。財布に現金よりマハラジャ紙幣がたくさん入っている人もよく見かけた。

当時の私は大学二年。女友達と乃木坂の「ストロベリー・ファーム」辺りで待ち合わせてから、タクシーでマハラジャに向かうこともよくあった。タクシーが近づくと、店の前には何組もの男性だけのグループがたむろしていて、不躾な視線をこちらに送ってくる。女だけかどうか確認しているのだ。タクシーを降りると、こんなふうに声をかけられた。

「入場料を払うから、一緒に入ってくれない？」

マハラジャは男性だけでは入場不可。だから、入店用のパートナーを探している。私と友達はすぐに返事はせず、もったいぶって顔を見合わせるのもお約束。それでも、男性はたたみかけてくる。

「頼むよ。店に入ったら、別行動でいいからさ」

つまらなそうにワンレンの長い髪をかき上げるのが、若い女の子の流行りだった。上から目線で渋々了解する。

「まあ、それならいっかな。私たち、中で友達と待ち合わせてるんで」

ドアの前では、こんなやりとりが毎晩繰り広げられていた。

店内に入れば、本当に私たちは先に入っていた女の子たちと合流し、入場料を払ってくれた男性たちは他の女の子に声をかけ始める。払ってもらったことへの感謝も引け目もまったくない。システムのようなものだと思っていた。

私たちの服装は、例えば、アルファ・キュービックのチェック柄のワンピース、コインベルトをじゃらじゃらと二、三本、シャルル・ジョルダンのハイヒール。例えば、ジュンコシマダの白いスーツ、大ぶりのイヤリング、ブティックオーサキのパンプス。バッグは、通学の際のレノマのトートややルイ・ヴィトンのボストンではなく、カルロス・ファルチのポシエット。カラフルなヘビ革のバッグのインパクトが気分を盛り上げてくれた。

あの空間では派手な服装の若い女の子の集団はインテリアの一部だった。私たちはしゃべる観葉植物みたいなものという自覚があった。観葉植物の定位置はDJブースの脇にある、背の高いスツールだ。他の客からよく見えるように。そこではしゃいでいると、しょっちゅう声をかけられる。

「どこから来たの？」

「大学はどこ？」

「何か、飲み物買ってきましょうか？」

「いい色だねえ。ハワイ？」（＊これは日焼けした肌について）

「どこかで会ったことあるよね？」

「先週、ナバーナにいなかった？」

こんなフレーズがダンスミュージックの隙間から降ってくるのだった。

時々、ＶＩＰルームからの伝言を黒服や原色の制服を着た従業員が届けてくることもあった。マハラジャのＶＩＰルームはガラス張り。中にいる人たちは自分たちを見せつけるためにそこを利用する。あちら側からは、私たちは棚に並んだおもちゃみたいに見えるだろう。

ある夜、そこにいた俳優からの伝言が私たち四人に届けられた。伝書鳩係は青い制服を着た顔見知りだった。ＶＩＰルームには高そうなスーツを着た中年男性が数人、こちらに笑顔を向けている。

「これからシャンパンを開けるから、よかったら乾杯をご一緒に、とのことです」

中年とはいえ人気ドラマにも出ていたその俳優からの誘いに、さすがに一同のテンションは上がった。だからといってすぐに尻尾を振って行こうとはせず（そういうことをすると後々バカにされちゃう）、一応、みんな迷ったふりをしていた。すると、青い制服が私に耳打ちにした。

「あの人たちはやばいよ。行かない方がいいと思う。僕がうまく断ってあげるからさ」

　意見はまとまらなかった。私は断ろうといい、他の友達はミーハーな気持ちと面倒なことになりたくない気持ちで揺れ動いているようだった。こういう時に決定権があるのは最もかわいい子である。アイドル並みの顔立ちとモデル並みのプロポーションを持っている子が押し切った。

「私は行く。だって大ファンだったんだもん。乾杯ぐらいいいじゃない。それに……、後悔することになってもかまわない」

　これから心中でもするのかと思うような大げさなセリフを繰り返した。彼女がその俳優のファンだとは初耳だった。結局、私たちはぞろぞろとガラスの向こうに入っていった。青い制服がちらりとこちらを見たので、私は視線をそらした。

　あの頃、シャンパーニュが注がれるのは細長いフルートグラスではなく、平たいカクテルグラスだった。私たちは誰一人としてドン・ペリニョンなんて言葉も知らなかったから、あの時開いたのが何の銘柄だったのかもわからない。金色の泡が無数に浮かんだカクテルグラスを重ね合わせた。

ここにはよく来るのか、今かかっている曲は流行っているのか、歳はいくつか。そんなことを聞かれ、一人ずつ答えているうちに、二本目のシャンパンが開いた。

「君たちはどういう友達？」

「大学の同級生です」

「ああ、流行りの女子大生ってやつだ。ラッキー」

俳優が笑いながらいった。

『オールナイトフジ』という女子大生がたどたどしく司会を務める深夜のテレビ番組が大当たりしていて、マハラジャのＶＩＰルームみたいな場所では売れないタレントやモデルより女子大生の方がブランド力があった。

「どこの大学なの？」

俳優に聞かれ、一番緊張していた子がうわずった声で大学名を告げると、男性の一人がいった。

「へえ、知り合いのお嬢さんと同じ大学なんだ。仕事関係でお世話になっている方なんだけどね」

内装業を手掛けているというその人が手短に自分の職業を説明して、知り合いの名前を口にすると、私たち全員の顔が引きつった。大学名を告げた子の苗字だったからだ。わりとめずらしい苗字である。友人が苦笑いしながらいった。

「それ、多分、私の……、あの、私の父です」

それから私たちは軽く説教をされた。こんな時間までディスコで遊んで、挙句に知らない男の誘いにほいほい乗って、そんなことをお父様が知ったら悲しむに違いない、みたいな内容だった。私はちょっとムカついた。こういう時、馬鹿丁寧な口調になってしまうのは悪い癖だ。

「そうはおっしゃいますけれども、お誘いになったのはそちら様ですよね」

男性たちは「そりゃあそうだ」とか何とかいって爆笑し、黒服に手巻き寿司をたくさん持って来させた。それを食べ終えると、全員強制的に車で帰された。

翌日、アイドル並みの顔立ちとモデル並みのプロポーションの子は、キャンパスで会うなり、こういった。

「乾杯ぐらい、どうってことなかったじゃない」

ちょっとくやしそうだったのは気のせいだろうか。

真夏の夜の逗子マリーナ

バブルとは１９８６年の終わりから１９９１年初めのわずか四年半ぐらいのことだ。助走部分の八十年代がおもしろかった。何もかもが目新しくて、今日より明日が楽しくなるはずだという期待が街に満ちあふれていた。

象徴的な場面を一つあげるなら、１９８４年8月2日の逗子マリーナ。

あの夜、ギターが音を出しながらプールに沈んでいくのを目撃した。あれこそ、後に続くバブル的な気分をあざやかに体現した瞬間だと思う。

ユーミンのサーフ&スノーが行われていた。

今更説明するのも野暮だが、サーフ&スノーとは夏の逗子マリーナと冬の苗場プリンスを会場とした松任谷由実のライブの総称。最初は逗子ではなく、葉山マリーナのプールサイドで開催された。夏の第一回は１９７８年で、日本にリゾートなんていう概念が芽生え始める前であった。１９８３年からは逗子マリーナのプールサイドに会場を移し、２００４年まで十七回にわたって開催された。

ちなみに、通称リゾート法といわれる「総合保養地域整備法」が成立したのは１９８７年である。

あの夏、逗子マリーナに部屋を持っている友達（正確には父親名義の部屋）とよく遊んでいて、彼女はサーフ＆スノーのチケットを何枚も持っていた。プール券付きで、昼間は泳いだりカクテル片手に日焼けをしたりして、水着のまま夕方からはライブを楽しめる。プラチナ・チケットなんていういい回しがない時代のそれであった。プールサイドならではの水を使った大掛かりな演出が話題で、夏は最高の季節だと感じさせるイベントだった。遊び仲間数人でライブに行った。

私が着ていたのはＬＡ旅行で買った白いビキニ。日に焼いた肌を綺麗に引き立ててくれるので、気に入っていた。友達の水着は黒いワンピースで、股の切れ込みはあり得ないほど鋭角だった。その後に大流行する「ハイレグ」という水着だが、私はまだその名称を知らず、元々スタイルのいい友達の脚がさらに長く見えることに驚いた。それに比べて自分のビキニが子供っぽく思えた。私も彼女も、左足首にアンクレットをつけていた。男の子たちはＯＰやラグーナのトランクス、コーデュロイのボードショーツだった。

大まかなエリア指定だけで座席はなく、客はみんな好きな場所で好きなように楽しんでいた。私たちが陣取っていたのは昼間から死守したプールサイド。一番人気の場所である。私たちの後ろにはドリンク販売小屋があった。屋根に座って足をぶらぶらさせている人たちを見て、ああやってゆるく見るのが本来の楽しみ方だとわかった。

　ユーミンと逗子マリーナというフィルターを通すと失恋や未練の歌でもファッショナブルで楽しげなものに思えてくる。黒い水着の友達はずっと隣の男の子の肩に頭を乗せて、聴き入っていた。

　途中、ユーミンがしなやかに手をあげると、ギタリストが真ん中に出てきた。白いステージの中央には白い階段があって、プールに続いている。スポットライトは彼だけを照らす。ギタリストはしばらくギターをかき鳴らし、そしてそのまま階段を降りた。時々ギターを掲げたりしながらも、身体はだんだんプールに浸かっていく。ギターも水面に近づいていく。えっ、どうなるの？　と思った途端、それまで野生動物のようだったギターの音がいきなりぼこぼこと濁って、ギターもギタリストも水の中に沈んで、まっ暗になった。ほんの数十秒の出来事だった。歓声の中、再びステージが明るくなって、何もなかったようにユーミンが次の曲を歌い出した。

　まるで手品みたい。かっこいい場面だった。

　この日はもう一人ギタリストがいた。高中正義が一曲だけゲスト出演したのだ。ゲスト出演を知らなかったので、驚いた。

彼の代表曲『ＢＬＵＥ　ＬＡＧＯＯＮ』で海が青くて砂浜は白いことを知った。私が育った鎌倉の稲村ガ崎は砂鉄海岸で知られており、砂浜は濃い灰色をしている。海はたいてい深緑だ。そんな環境にいたのに、あの曲を最初に耳にした時、頭には青い海・白い砂・赤いカクテルが思い浮かんだ。『ＪＯＬＬＹ　ＪＩＶＥ』というアルバムでは、ディスコのざわめきとか真夜中の匂いとかゲレンデのきらめきとか、いろんなことを耳で知った。その後、六本木や表参道や苗場なんていう場所に足を踏み入れる度に、あ、タカナカの音の通りだ！　と思ったものだ。

ライブの後、友達の（正確にいうと父親名義の）部屋で飲み会だった。みんなでバドワイザーの瓶をぶつけ合い、乾杯した。誰かが持って来たソニーのラジカセからは、カルチャー・クラブの「カーマは気まぐれ」やシンディ・ローパー「ガールズ・ジャスト・ワナ・ハヴ・ファン」といったアメリカのヒットチャートが流れていたけれど、私の頭の中ではさっきのぼこぼこという濁った音ばかりが繰り返された。あのギターはもう使いものにならないのだろうか。そもそも感電とかしないのか。そんなことばかり考えていたので、みんなにノリが悪いと文句をいわれた。

幼稚な馬鹿騒ぎが退屈になってテラスに出ると、月明かりが階下に並ぶクルーザー群を照らし、潮の香りが鼻を突いた。一日中陽光にさらした肌が痛かった。

✦「バー鍵」と「スペアキー」

レストランやバーに詳しい女の子は、便利がられても男ウケはよくない。それはバブル時代だろうが平成だろうが令和だろうが、きっと同じ。時代は変われど、男性はデートの相手には「初めての経験をさせたい」と思うものらしい。だから、デートの舞台となるレストランには相手が行ったことのない店を選ぼうとする。悲しいかな、私はそのほとんどを制覇している厄介者だった。

男性の心理は百も承知だけれど、当時の私は、「新しいお店を知りたい、使いこなしたい」という欲望に歯止めが利かなかった。理由はわからない。ほとんど食欲に近いものだった気がする。モテるよりも、店に詳しくなりたかった。というより、店に詳しいなんて些細なことでビビらない人とつき合いたかった。自分が熱中しているのに些細だなんて、矛盾しているのだけれど。

麻布十番に「バー鍵」という店があった。雑居ビルの二階にあって、カウンターだけで十席ちょっとの小さな空間である。一見どうということのない普通のバーだけれど、奥のほうに入口とは別の扉があった。そこから向こうはカードキーを差し込んで入るシステム。第二の扉を開けると、「ヌード」という別の店になる。こちらは会員制で、カードキーは会員証なのだ。入会金は三万円と大したことはないが、会員の紹介が必要だった。白地に思わせぶりな字体で「nude」と書いてあるカードキーを、私はなぜか二枚所有していた。

このヌードがかなりあやしげな空間だった。

それぞれのテーブルは少し透けた生地のカーテンで仕切られ、覆われている。個室ではないが、隣の席に誰がいるかはわからない。カーテンの中には低いテーブルと低いソファ。店内は暗く、テーブルに置かれたロウソクだけが辺りを照らしている。薄暗い空間に、うっすら透けたテントのようなものが並んでいるといったらいいだろうか。

カーテンの向こうの隣の会話は丸聞こえ。でも姿は見えない。そのせいか油断する人が多いようで、声をひそめることもなく、女性を口説いている場面がよくあった。

「この後、いいよね？　全日空に部屋取ってあるんだけど」

「部屋？　スィートよね？」

「似たようなもんだよ」

店自体が下心を後押しするような作りだから、凝った口説き文句は必要ないようだった。たまに、唇を吸いあっている音や衣ずれが聞こえてくることもある。少したつと、カーテンの向こうの影が動いて、男女が店を出ていく。それを見届ける度に、ああ東京の夜だなあと思った。

ここでよく頼んだのは、コカ・ブトンというお酒だった。名前からもわかるように（いや、わからないか……）、コカインの原料であるコカの葉から抽出されたリキュール。もちろん、お酒にする過程で麻薬成分は取り除かれてはいる。ある時期から輸入禁止になったが、流通しているものを飲むことは違法ではなく、ヌードのメニューにもこれがあった。甘ったるい薬草の味わいも、成り立ちも名前も、この空間に似合う気がした。

今のようにツイッターもインスタグラムもフェイスブックもなかったけれど、奇妙なシステムとエロティックな雰囲気のバーの存在はすぐに口コミで広まっていった。

「麻布十番のバー鍵って行ったことある？」

遊び人たちによく聞かれ、その度に私は得意げにこう答えた。

「うん。ヌードのカードキーも持ってるよ」

で、私が案内役になって飲みに行く。しかし、私が主導権ならぬカードキーを握っているせいか、二人きりで訪れても口説いてくる男性はいなかった。誰一人として。それどころか、カードキーの貸し出しを頼まれることもしょっちゅうあった。店のスタッフに確認したら許可が出たので、何人かに貸した。会員制といっても、一枚のカードキーの所有以外に何の特典も式典も束縛もない。会員同士が集うこともない。

　こんな私でもまれにデートの誘いがある。そう、店に詳しいなんてことにビビらない、器の大きな男性だ。私の話す最新版の東京事情におもしろがって耳を傾けてくれ、ちゃんと自分でデートのお店を選んでくれる、そういう人。情けない話だけれど、店に詳しすぎる女はこれだけでぐっときてしまう。その店選びがダサいと高飛車に文句いうくせにね。モテないわけだ。

　その日は、過不足のないビストロで食事をした。カッコつけすぎていなくて、かといって合コン集団が幅を利かせているようなところでもなく、センスのいい店選びだった（我ながらエラソー）。もう一軒、飲みに行こうということになって、私はつい間違ったサービス精神を発揮してしまった。

「さっき話した業界人がみんな話題にしてるとこ、行ってみる？　麻布十番なんだけど」

　というわけで、二人で「バー鍵」に向かった。普通っぽいカウンターの前を通り過ぎ、奥の扉に白いカードキーを差す。私がね。謎の扉を開けると、人の影だけがうっすらわかるカーテンが並び、すれすれのやり取りをする男女の声が聞こえてくる。

　私を見つけた店のスタッフがやってきて、にこやかに挨拶をされた。

「昨日はどうも。いつもありがとうございます」

　空いているテーブルに案内され、席に着くやいなや、器の大きいはずの男性はいらだった口調でいった。

「ねえ、昨日もここにいたの？　こんな場所でいっつも何してんの？」

　いっつも、という箇所を強調していわれてしまった。しゃれでコカ・ブトンなんて頼める空気でもなく、私は今更ながら猫を被って、カンパリソーダだかなんだかを頼んだのだけれど、時すでに遅し。会話は弾まず、帰り際もキス一つなく夜を終えたのだった。

　向こうのお怒りはよくわかる。でも、私にはなんの後悔もない。これからは馬鹿正直なスタッフのいないバーに行こうと思っただけだ。


「スペア・キー」というバーがあったのは麻布台。東京でもっとも古いピザハウス「ニコラス」のお隣である。「バー鍵」が閉店した後にできた。こちらも鍵が会員証代わりだが、カードキーではなく錠前タイプ。すぐ近くの狸穴坂《まみあなざか》の古いマンションに住んでいた頃、よくここを使った。

会員だけが所有する鍵で入店するというシステムが同じでも、「スペア・キー」は「バー鍵」とは正反対の空間だった。

入り口のドアの横には堂々と会員の名前が書いた名札が全員分下げられている。個室もカーテンもなく、どの席からも店全体が見渡せる。マスターが選び抜いたワインと気の利いたおつまみを楽しむ店だった。会員には友人も多く、ばったり会ったグループ同士で合流したこともよくあった。友達の元婚約者に遭遇した時も、気まずい空気には決してならず、なつかしい話に花が咲いた。夜の醍醐味は下心のやりとりだけではない。ここでは、それを教えてもらったと思っている。

店の左手部分には、パターの練習コーナーがあった。マスターは無類のゴルフ好きだった。ハイヒールのまま、パターの練習をさせてもらったこともある。

狸穴坂のマンションを引き払ってから足が遠のき、風の便りにスペア・キーが閉店したらしいと聞いた。ニコラスももうないし、六本木はかつての輝きを失ってしまった。こんな原稿を書いている私は海のそばで暮らしている。ネオンには何の未練もない。会員制のバーの鍵を持つことなんてもうないだろう。

とここまで書いたら、友人からＬＩＮＥがきた。

——今、リリちゃんのこと話してたよ。

何枚かの写真も送られてきた。楽しそうに飲んでいる友人たち、赤ワインが注がれたグラス、なんとなく見覚えのある中年男性の写真。後ろの壁には「SPARE KEY」とあった。見覚えのある男性はマスターだったのだ。別の場所でスペア・キーを再開したそうだ。

——そこの鍵、私の分もゲットしておいて！

人はそんなに変わらない。

✦ラブホテル二大ブランド

ラブホテルを演歌的なものからしゃれたポップスに変えたのは、渋谷の外れにできた「１９８３」だった。

それまではラブホといったら、回転ベッドや鏡張りの天井などの特殊な装置や過剰なインテリアが標準だった。たいてい派手派手しいネオンでホテル名が記されている。行ったことのない人でもその名を知っている「ホテル目黒エンペラー」は古城をイメージして作られたという。それはもうこぶしがぶん回された世界観だったのである。多分。私も行ったことはない。週刊誌や深夜番組での情報から想像してみた。合っているはず。

１９８３は余計な装飾を省き、シンプル&モダンに徹した。そこが画期的だった。当時は表に出してはいなかったけれど、アパレルメーカーのＢＩＧＩが経営していた。私はＢＩＧＩで働いていた時期があって、社内では１９８３の入り口の監視カメラの映像は役員室でも映っていて、社員が利用すると役員たちに筒抜けなどという噂がささやかれていた。まさか本当ではないと思うけれど、あの頃はこうしたエピソードが気の利いた冗談として成り立っていた。ノリのよさは何より重宝され、セックスもファッション・アイテムの一つだった。

「若者の○○離れ」という言葉を耳にするようになって久しい。若者は、車から離れ、旅行から離れ、スキーから離れ、読書から離れ、ブランドから離れ、あとなんだっけ？　恋愛からも離れているんだとか。

　離れるということはつまり、そこに「ある」からだ。哲学的な話をしたいのではなく、物理的に最初から手にしているからこそ手放せる。バブル時代の若者は、情報も知識も経験もなかったのに無理やりさまざまなものを自分たちの領域に引っ張り込んだ。それまで一部のおしゃれピープル（このいい方も昔っぽいですね）のものだった海外ブランドの服やらバッグやらにでも、あの時代の若者は果敢に挑んだ。

　ラブホテルもまた、あの時代に若者の娯楽アイテムへと成り下がった。成り上がった、というべきなのか？　ラブホテルで気軽にセックスを楽しむことがファッショナブルな流行になった証として、友人たちの武勇伝を書き記しておこう。

　とある大学の体育会アメフト部に所属していた友人は１９８３をよく使っていた。渋谷の外れという車で行きやすい場所だし、ラブホなのに清潔感があったし、とにかく使い勝手がよかったという。道玄坂をうろうろするのに抵抗がある女の子でもここなら大丈夫だった。

練習が休みの月曜日、付き合い始めた女の子と「壁の穴」でスパゲッティを食べ、１９８３に行った。チェックインを済ませ、エレベーターに乗ると後からカップルが乗り込んできた。なんと、彼の元カノとラグビー部の友人だった。自分の彼女も含めて四人全員が知り合いで、ラブホのエレベーターに乗り合わせた。

「もう笑ってごまかすしかないよね。ホテルの外でばったりなら、別のとこに行けばいいけど、手には部屋の鍵持っちゃってるしさ」

エレベーターを降りる時、ラグビー部の友人とは目線で挨拶をして別れたそうだ。

当時たいていの体育会は練習の休みが月曜日だったため、偶然会うことが多々あったそうだ。元カノは楕円形のボールを扱う体育会の男の子ばかりを渡り歩いていた。あの頃、そういう女の子たちが一定数存在していた。彼はいう。

「楕円好きの女の子を今風にいうなら、ダエラーだよね」

「１９８３」と双璧の人気だったのは「ホテル六本木」。煉瓦造りのシックな外観の老舗である。こちらは友人の女の子のエピソードだ。

彼女は当時の彼と、共通の友人のカップルと食事していた。テレ朝通りにあったキャンティ経営の「メトロポール」という中華料理店だった。食事の後どうしようかという話題になり、友人カップルの一人が提案した。

「どうせオペラは混んでるし、インクスティックはちょっと飽きちゃったじゃない。もう、ホテル六本木に行っちゃおうよ」

「オペラ」は岡田大貳氏プロデュースの夏季限定のバー。「インクスティック」は芝浦にできたライブハウス。それらとラブホが並列に語られていた。全員、それいいねえと賛同し、四人は食欲を満たした後、六本木の外れに位置するホテル六本木に向かった。すると、そこには行列ができていた。彼ら彼女らはなんの躊躇もなく並んだそうだ。

「あの時は全然恥ずかしくもなかったのよね。むしろ、それ見て盛り上がっちゃって」

談笑しながら並んでいると、行列を見た外国人の男性二人組がその後ろに並んだ。話していると、どうやら彼らはカップルらしく、東京に観光旅行に来ていた。とりあえず夜の街として名高い六本木に来てみたけれど、どこに行けばおもしろいのかわからないから、行列に並んでみたという。何かのパーティと勘違いしたようだった。ラブホというカテゴリーは日本特有のもので、なんとか英語でそれを説明したのだけれど理解されず、そうこうしているうちに順番が来たので、彼女たちはあきらめてチェックインに向かった。

あのう、そのう……、四人で一緒の部屋に入ったのだろうか、という一番の疑問をぶつけると、こう返ってきた。

「なわけないでしょ！　部屋は別、出る時も別々です」

エネルギーが有り余っていた時代だった。

✦チャイナタウン・パフェ

こうして書くのも勇気がいるのだけれど、かつて私のことを「浅野温子に似てる」といった女友達がいた。時は八十年代半ばである。あの頃の私は胸の下まで伸ばしたワンレングスの黒髪で、アイラインもきちんと引いていて、身体の厚さは今の半分くらいしかなかったから、なんとなくそれっぽく見えていたのかもしれない。先に謝っておきます、ごめんなさい。

まだトレンディドラマの代名詞『抱きしめたい！』が放映される前で、浅野温子さんといえば映画『スローなブギにしてくれ』のイメージが強かった。浅野さん演じるヒロインのさち乃が第三京浜で白いムスタングから猫と一緒にほっぽり出されてしまうところから物語が始まる。もしかしたら、友達の頭の中では、私が住んでいる鎌倉＝湘南方面と第三京浜がぼんやり重なっただけかもしれない。

ある日、彼女がいった。

「ねえねえ、友達の男の子にリリちゃんの話したら、ぜひ会いたいって。浅野温子の大ファンなのよ」

「いきなりそんなこといわれても……」

戸惑ったふりをしながら、内心はまんざらでなかった。

「今すぐにでも鎌倉に行くって張り切ってるの。一目でいいからって。お茶でもしようよ」

どんな状況だとしても、人に欲されるのは心地よいものだ。もったいぶるだけもったいぶってから、結局、三日後の夜に約束をした。

「マーロウ」で待ち合わせた。

マーロウは目の前の秋谷海岸が見渡せるカフェ&バー&レストランで、東京の遊び人にも地元の人にも話題の店だった。葉山の「ラ・マーレ・ド・チャヤ」と散々迷って、できたばかりのこちらを指定した。翌日は一日中、着ていく服のことを考えていた。いかにも張り切っているようにだけはなりたくない。かといってダサいのは絶対にいやだった。

自宅で夕飯を済ませ、私は白いフォルクスワーゲン・ビートルを運転して、秋谷海岸に向かった。マドモアゼルノンノンのスウェーターにサイズが一つ大きいリーバイスの５０１を合わせた。足元はK-SWISS。腕にはシルバーアクセサリーをじゃらじゃらと音がするほどつけた。マーロウに着くと友達とその男の子は窓際のテーブルで待っていた。窓の向こうには暗い海が広がっている。

考えてみれば、私は彼の情報を何も知らされていなかった。男の子なんて聞いていたけれど明らかに私たちより年上で、高そうなジャケットにシックな色のシャツを合わせていて大人の雰囲気が満載だった。焦げ茶色のポケットチーフまでしている。テーブルの上にはマルボロの赤い箱とジッポのライターが置いてあった。

座りながらぎこちなく「こんばんは」というと、にこやかな笑顔で挨拶を返された。いかにも物慣れた感じだった。友達が得意げな口調でいった。

「こちらがリリコちゃん。ね、浅野温子に似てるでしょう」

私はなんていっていいのかわからず、黙っていた。

「うん。そうだね。目のあたりがね」

男性はそう返してこちらの顔を軽く覗き込んでから、予想通り『スローなブギにしてくれ』の話をした。同棲、スナック、奔放、第三京浜、そんな単語をちりばめながら。

背後から、ぱちぱちぱちと派手な音がした。私たちのテーブルにチャイナタウン・パフェが運ばれてきたのだ。

店で一番の人気メニューだ。パフェには火のついた花火とカラフルな和傘が刺さっている。そのはなやかさはトロピカルドリンクのパフェ版といったらいいだろうか。チャイナタウンというエキゾチックな名称も相まって、マーロウの代名詞的なメニューだった。

友達は、わあっといって胸の前で小さく拍手をした。隣のテーブルのカップルも楽しそうにこちらを見ている。私たちは思い切りはしゃいで、花火の中からアイスクリームや生クリームをすくってみせた。花火付きパフェの前では、同棲だのスナックだの第三京浜だのという単語はいかにも古くさく思えた。もうとっくに横浜横須賀道路が開通していたし、この頃から、世の中はバブルに向かって加速度的ににぎわっていった。

パフェを食べ終える前に花火は終わり、器には輪郭をなくしたアイスクリームや生クリームが残った。会話も急にしぼんでしまった。気がつくと、隣のカップルはいなくなっていた。一時間ほどお茶をして、私たちはマーロウを後にした。二人は男性の運転するメルセデスで東京に帰っていった。

翌日、友達から電話がかかってきた。チャイナタウン・パフェについて散々しゃべった後、こう聞かれた。

「ねえ、昨日の人、どうだった?」

「どうって、別に……」

口ごもっていると、友達は笑いながらいった。

「彼はね、ちょっと期待しすぎちゃったっていってた」

私は心の中で叫んだ。目のあたりが似てるっていったじゃないかあ!

勝手に人気女優に似てるっていわれて、勝手に期待しすぎたと落胆され、大いに傷ついた。立ち直るのに三時間もかかったんだから。

その人気女優は三年後にフジテレビのドラマ『抱きしめたい！』で大ブレイク。役柄は、携帯電話片手に最先端ファッションを着こなし、デザイナーズ・マンションで暮らすスタイリストだった。

もうナイーブな美少女ではなくて、スローなブギも聞こえなかった。

こんなふうに、あの頃の私たちは「夜お茶」ばっかりしていた。おしゃれなインテリアでおいしいケーキが頼めて夜遅くまで営業している店が港区界隈にはたくさんあった。そういう店で深夜までおしゃべりするのが楽しかった。恋話にファッションの話、友達の噂話、話題は何でもよかった。おしゃべりが目的ではなくて、目的なんてないのに夜を共有して消費することにわくわくしたのだ。

乃木坂の「ストロベリー・ファーム」、日赤通りの「ラブパトリック」、西麻布の「ルエル・ドゥ・ドゥリエール」、白金の「フェバリット」、同じく白金の「ブルーポイント」。私が夜お茶をしていた港区の店はみんななくなってしまった。

秋谷海岸のマーロウはいまだに健在だけれど、チャイナタウン・パフェはメニューから消えてしまった。

お立ち台が産まれた夜

ディスコは、音楽とダンスを楽しむという建前でナンパをする場所であり友達同士の溜まり場であり、女の子にとっては自分を見せびらかす舞台でもあった。「私を見せびらかしたい」という欲求が無邪気に受け止められる空気は、ＳＮＳがなかった時代独特ではないだろうか。

あの日も、麻布十番の「マハラジャ」に行った。クラスメートとお茶をしてから店に入り、中で他の友達と合流するといういつものパターン。その日合流したグループには、ハナコ（仮名）がいた。高校生の時からいろんなディスコに出入りしていて顔が広く、ファッションセンスがよくてはなやかなタイプだった。

表参道の「キーウエストクラブ」、日比谷線の六本木駅、マハラジャのＶＩＰルームの前、そういった場所で彼女に会うと、百年ぶりの再会のように手を振りながら駆け寄ってきて抱きついてくる。一度飲んだだけの相手でも気が合えば親友と呼ぶのも彼女の特徴だった。

階段を上がったところに、化粧室から出てきたハナコ（仮名）がいた。

「遅いじゃない。今日もキープしてあるから」

得意げに奥の方のテーブル席をあごで指した。円を描くソファには見知った女友達が数人、はしゃいでいる自分たちを周囲に見せつけていた。これもまた、いつもの光景。

午後九時過ぎのマハラジャはたいてい人でごった返す。入れ替わり立ち替わり、ハナコ（仮名）の友達やら知り合いやらがテーブルにやって来て、飲んだりおしゃべりをしたりしてはフロアに弾《はじ》け飛んで行った。女の子もいれば男の子もいて、何をしているのかわからない派手なおじさんもいた。本来のルールなら一定の時間を過ぎたらテーブルは明け渡さなくてはならないけれど、顔の利く彼女のおかげで私たちがウエイターから追い立てられることはなかった。

いつの間にか、派手な女の子二人がソファの真ん中に陣取っていた。仲間内の誰かが声をかけたらしい。その誰かは早々に席を離れていってしまったが、残った彼女たちはどっかと座り、大音量の中、大声でしゃべっている。細長いメンソールの煙草を指に挟み、鼻から煙を吐き出す。

見慣れない種類の派手さだった。一人が着ている柄物のボウタイブラウスは一昔前にもてはやされた類だし、もう一人が穿いている黒いレースのスカートは仰々しくて演歌歌手の衣装のよう。大きなカーブの細い眉に至っては、私たちと彼女たちをくっきりと区別するものだった。

彼女たちは音楽とダンスを楽しんでいるふりさえしない。ヒット曲がかかろうがチーク・タイムになろうが、物欲しげに辺りを見回し、怒鳴り合うようにしゃべっている。気を紛らわすように通りすがりの男の子にライターの火を貸してくれと声をかけ、知らない誰かが席に着いた。

私たちのテーブルは、すっかり彼女たちに乗っ取られてしまった。ハナコ（仮名）はイライラし始めたが、常連という立場から、席を立ってくれといってあからさまに場の空気を悪くするわけにもいかない。男の子たちとの会話でメンソール二人組は「マハラジャ」に来たのは初めてだといった。

「じゃあ、普段はどんなとこで遊んでんの？」

「たいてい新宿かなあ。なんかここ流行ってるっていうんで来てみたんだけど」

新宿という単語を聞いて、ハナコ（仮名）はむっとした表情になった。

メンソールのもう片方の子がいった。

「六本木の駅から15分もかかっちゃって、もう勘弁してよって感じ。たかだかディスコに来るのにさあ」

念のためつけ加えておくが、麻布十番駅ができたのは２０００年9月26日で、この夜からおおよそ十五年後のことだ。

シャラマーの「ア・ナイト・トゥー・リメンバー」がかかり、店内には大きな歓声が上がる。今ではディスコ・クラシックの定番の曲も、あの頃は最新ヒットだったんだから。

男の子に促され、メンソール二人組も細長い煙草を灰皿に押し付け、やっと腰をあげた。フロアに出てみると、彼女たちはアイドル歌手の振り付けのように身体を左右させ、なんともぎこちなかった。二人はどんな曲がかかろうが、同じように身体を左右させるだけだった。まるで音が聞こえていないみたい。

七十年代のディスコでは決まったステップを踏むダンスが主流だった。私たちがマハラジャで遊んでいた八十年代半ばは、各自がリズムに合わせて自分の好きなように身体を動かすようになっていた。まだブレイクダンスなんて言葉も概念も東京の一般人には届いていない。映画『ブレイクダンス』の主題歌であるバーケイズの「フリークショウ・オン・ザ・ダンス・フロア」も数あるディスコ・ナンバーの一つとして扱われていた。

それでも前の時代から受け継がれたステップを踏む曲がいくつかあった。チェンジの「パラダイス」もその一つ。その夜最高の熱気が漂い始めた時、絶妙のタイミングでそれがかかった。畳み掛けるようなイントロが響き渡る。

バス・ストップと呼ばれるステップを踏むことが、六本木辺りのディスコでのマナーだった。四回目の四拍子の時に九十度、身体の向きを変えるのもお決まりで、フロアじゅうの老若男女が同じタイミングで同じように向きを変える。

バス・ストップという名称を知らなくてもそれを身につけているのはマハラジャみたいな店で遊ぶ人たちの必須条件だった。周囲がリズムに合わせてバス・ストップを踏み、四回目の四拍子で揃って身体の向きを変える中、メンソール二人組は変わらずにアイドルの出来損ないのように身体を左右させていた。

マハラジャのフロアの四隅にはテーブルがあった。通りかかった人がそこにグラスやバッグを置いたりするぐらいで、テーブルというより仕切りとして扱われていた。

ハナコ（仮名）は突然、テーブルの一つに駆け上がった。テーブルの上から店内の人々を見渡し、バス・ストップをやり始めた。これがお立ち台が産まれた瞬間だと私は思っている。彼女の表情にはある種の威厳があった。メンソール二人組はそれを見ながらハナコ（仮名）と同じようにステップを踏み始めた。

ヒット曲の連続でテンションが上がった女の子が何人もハナコ（仮名）に続きテーブルにあがり、四隅のテーブルはあっという間にボディコンシャスなワンピースやスーツを着た女の子たちであふれた。メンソール二人組もテーブルに上がり、ドゥービー・ブラザーズの「ロング・トレイン・ランニン」ではハナコ（仮名）と一緒に手を叩いて踊り、終いにはハイタッチを交わすまでに距離が縮まっていた。

「私たち、親友だよね〜」

閉店後、店の前で肩を抱き合っていたが、その後、彼女からメンソール二人組の話を聞いたことはない。

新宿という地名には独特のイメージがあった。１９８２年、「新宿歌舞伎町ディスコ女子中学生殺人事件」が起きた。歌舞伎町のディスコで女子中学生二人をナンパした若い男が車で千葉県まで連れて行き、一人を殺害、もう一人にも暴行を加えた。殺害された女子中学生は首を切られ、アキレス腱まで切られていたという。歌舞伎町、ディスコ、女子中学生、アキレス腱といった単語が新聞や週刊誌、ワイドショーでおどろおどろしく伝えられたが、結局未解決のまま時効を迎えている。

この事件をきっかけに「風俗営業等の規制及び業務の適正化等に関する法律」、俗にいう「風営法」が見直され、取り締まりが強化されるようになった。

改正以前、ディスコは午前2〜3時まで営業していた。終電がなくなってからが、本当の

「夜」だった。ディスコは「ナイトクラブ」というカテゴリーで届け出をしなければならないが、改正でそのカテゴリーは午前０時までしか営業ができなくなった。ディスコの後、六本木の「ジャック＆ベティ」で薄いコーヒーを飲みながら始発を待つ、なんてのん気なことが許されなくなった。

各店舗にとっては死活問題。それぞれ工夫を凝らして、生きながらえていた。マハラジャは「カフェバー」と届け出ていたと聞いた。

午前０時を過ぎると、よく警察が抜き打ちで見回りに来ていた。本当にカフェバーなのかどうかを確認するのだ。うかれた私たちには、これさえもイベントだった。

警察が来ると入り口のドアマンがイヤフォンマイクでそれを店内に伝える。すると、店内の照明が明るくなり、大音量でかかっていたダンスミュージックが突然切れ、原色の制服を着たウエイターたちはフロアで踊っている客を蹴散らしながら、椅子とテーブルを運んでくる。私たちは何食わぬ顔をして運ばれた椅子に座り、おしゃべりを楽しんでいたというふりをする。いつの間にかＢＧＭは遠慮がちなボリュームのスロー・バラードに変わっている。

マハラジャのフロアは二階。入り口から人でごった返す一階を通ってフロアに着くまで、１〜２分はかかる。その間に、二階はギラギラしたディスコから健全なカフェバーに様変わりする。演劇の舞台転換のようだった。

おしゃべりを楽しんでいる客を演じているといかついスーツ姿で眼光の鋭い男性二人組が階下から上がってきて、隅から隅までのしのしと歩き回って帰っていく。彼らがいなくなると、その夜は取り締まりが入ることはまずないから、いつにも増して客もＤＪもウエイターもノリがよくなる。アフター・ポリス・パーティだった。

✦苗場プリンス、銀世界

八十年代からバブル期にかけて、夏の逗子マリーナと冬の苗場プリンスは六本木のディスコと並ぶ最高の遊び場だった。いるだけで気分が上がる、そういう場所。

初めて苗場プリンスに行ったのは大学二年の冬休み。一番仲がよかったクラスメートと二人、二泊三日で苗場に行った。スキーがしたかったのではなく、ゲレンデが丸ごと見渡せるカフェテラスで時間をつぶしたいだけだった。私たちにはあり余る時間があった。あの頃の若者には無駄という娯楽が許されていた。

ソニア リキエルのニットにスポーティフのパンツ、その上から長い丈のダウンジャケットを羽織り、肩からはラインストーンがちりばめられたデニムのバッグ。そんないでたちで越後湯沢駅に降り立った。頭にはカチューシャの代わりにサングラスをのっけていた。

チェックインを済ませると、荷解きも早々にカフェテラスに向かう。陣取ったのはゲレンデの真ん前のテーブルだ。私の髪は腰まであるワンレングスのストレート、くせ毛のクラスメートはサイドを後ろに流したウエービーなロング。七十年代の第一次サーフィンブームの頃に流行ったファラ・フォーセット・メジャーズの髪型を忠実に継承していた。私たちは注文をする時も運ばれてきたカフェオレに口をつける時も、必ず大げさに髪をかき上げた。髪をかき上げないと他の動作ができないのかというくらい。

　あの日の午後は雪がちらついていた。窓の向こうに広がる銀世界を眺めながら、延々とたわいもない話をした。誰かの噂話、雑誌で見つけた洋服の話、新しくできたディスコの話、このあいだ行ったレストランの話など。友人の指には煙草があった。退屈しのぎにそれを一本もらったが、喉の弱い私は見事に咳き込んだ。

　カフェテラスは暇とエネルギーを持て余した若者で埋め尽くされていた。男女のグループやカップルもいたけれど、男の子だけの場合も少なくなかった。ここは苗場プリンスである。本気でスキーをしたければ、岩岳とか八方尾根とか栗駒に行くだろう。彼らのスキーもまた口実で、ボーイミーツガールのためにやってきたに違いなかった。

「ねえ、どこから来たの？　東京から？」

「ええ、まあ」

「よかったら、一緒に滑らない？」

「う〜ん、私たち、ちょっと疲れちゃったからぁ」

「ここに泊まってるの？」

「まあ、そんなとこ」

「じゃあさあ、夜一緒に飲もうよ」

「どうしよっかなあ」

こんな会話がそこら中に転がっていた。


私も彼女も出会いを求めてはるばる苗場まで来たわけではない。銀世界を眺めながらお茶がしたかったし、ついでに男の子に声をかけられるのも悪い気はしなかった。だからといって声をかけてきた男の子たちとすぐ仲良くなるほど、注文通りでもなかった。自分たちを見せびらかせれば、それで気が済んだ。

夜になると雪は本格的に吹雪き始めた。ナイターを楽しむスキーヤーたちを眺めながら、部屋で缶ビールを開けた。照明に照らされた白い斜面はかすかに発光して、幻想的だった。

翌日は、うって変わって晴天だった。ゲレンデがまばゆく輝き、私たちを手招いていた。ところが、クラスメートはなかなか支度が整わない。シャワーを浴びた後、自分で持ち込んだ大きなドライヤーとデンマンブラシ（あの頃、女の子の必需品でした）、時々くるくるドライヤーを器用に使って、絶妙なウエイブを作ることに一生懸命になっている。彼女のファラ・フォーセット・メジャーズ風の髪型が出来上がるまで一時間と十五分を要した。私はその間、ぼんやりと真っ白いゲレンデと色とりどりのスキーヤーたちを眺めていた。何しろ時間はあり余っているのだから。

　やっと髪型が整ってウエアに着替えると、私たちはお腹が空いていることに気がついた。まずは腹ごしらえ。お寿司屋さんでランチをとり、食後のお茶と称してまたもやカフェテラスに行った。そこでありきたりなナンパがいくつかあって、遠回しに断っているうちに夕方になって、結局、その日もゲレンデに出ることはなかった。ちょっとでも雪が降ると、クラスメートはせっかくセットした髪型が崩れるからとゲレンデに出るのを嫌がった。スキー場にいるのにね。でも、あの頃の私たちにとって髪型は一大事だったから、それも致し方ない。

　三日目の朝、彼女はいった。

「一本も滑らずにここを後にするのはまずいよね」

　私は答えた。

「うん。それはさすがにダサ過ぎる」

　やっとゲレンデに出た。この日も晴天だった。リフトから見る雪景色はやっぱりカフェテラスからのそれとは違った。頬にあたる冷たい風が心地よい。

　三本ほど滑って、私たちはまたカフェテラスに向かった。カフェテラスの窓の下に、Ｋ２の赤い板をこれ見よがしに刺した。スキー場に来たからにはこれをやらなくちゃ。この辺りはさながら板の見本市だった。オーリン、ロシニョール、ブリザード、Ｈａｒｔ、Ｋ2、さまざまなブランドの色あざやかな板が所狭しと刺さっていた。

二泊三日で三本しか滑らなかったけれど、充実したスキー旅行だった……、気がする。


その後、度々グループで車を連ねて苗場プリンスに行くようになった。いかに素早くタイヤにチェーンを装着できるかは、男の子の腕の見せ所でもあった。金曜の夜ともなると苗場プリンス近辺は必ず渋滞しているので、車中で聴く音楽のセレクトも彼らの重要な仕事だった。ヒット曲を選び、趣向を凝らしたカセットテープが何本も用意される。帰りにそれをプレゼントされるところまでが「苗場でスキー」。

週末の渋滞はイベントみたいなものだったし、互いの車を見せ合うステージでもあった。あの頃の若者って見せびらかしあってばかりいた。クラウドなんてないからね。現物主義だった。


「苗場の『Ｊトリップバー』に行かない？」

そう誘われたのは、１９８８年の年明けだった。

Ｊトリップバーは六本木にあった人気のハコ。その名の通りバーとしてスタートしたが、選曲のセンスが新しく、自然発生的に耳の肥えた客たちが踊り始めて、あっという間に小ぶりのディスコのような扱いになった。日比野克彦をアートディレクターに迎え、コンクリートの打ちっ放しの内装やアートっぽいロゴマークなど、それまでのきんきらディスコとは正反対の個性を打ち出していた。マハラジャと違ってドレスコードもなく、ジーパン（デニムなんていい方はまだしておりませんでした）にタンクトップみたいなカジュアル＆ワイルドなファッションの客が多かった。

土曜深夜の営業の後はフロアに女性用のショーツがいくつも落ちている、などという噂があったっけ。この目で見たわけではないけれど、そんなことがあってもおかしくはない雰囲気だった。

そんなＪトリップバーが苗場にできたのは１９８６年。

お茶ではなく、スキー場に踊りに行くことになった。男女を交えた六人、カップル三組。当時のボーイフレンドが部屋をとってくれた。夕方前に東京を出発し、四〜五時間かけて苗場プリンスに着いたと記憶している。腹ごしらえは車中のサンドウィッチ。ホテルに着いたらすぐに着替えてＪトリップバーに行く、という流れだった。

私は六本木の同店の雰囲気に合わせて、黒いロングブーツ、それにインしたジーパン、黒いニット、申し訳程度にシルバーのバングルとピアスをつけた。ホテルのロビーに集合すると、男の子たちはジーパンだけれど、他の女の子たちはワンピースやスーツだった。ちょっとあせった。

店内にはお立ち台があった。そこにいる女の子たちはみんな気合の入ったボディコンシャス。身体にぴったりと張り付くようなワンピースかいかつい肩パッドのカラフルなスーツで、競うように身体をくねらせていた。みんな申し合わせたように、前髪をトサカのようにたて、真っ赤な口紅をしている。Ｊトリップバーというより、マハラジャっぽい。

「なんか思ってたのと違ったね」

「Ｊトリップも意外とダサいな」

ついこの間まで自分もマハラジャに入り浸っていたくせに、ボーイフレンドとそんな会話をした。

翌日はスキーを楽しみ、夜はホテル内のレストランに行った。隣に座る彼はメニューを広げ、その中のどれかを指で弾きながらいった。

「先週来た時、これ食べたんだけど、ハズしちゃったんだよなあ」

ん？　先週？

せ、ん、しゅ、う？

取引先とゴルフっていってなかったっけ？

そう言葉にして問い詰めればよかったのだけれど、怒りとあせりで混乱して黙り込み、思い切り場の空気をぶち壊した。

食事の後、他の友達はまたもやJトリップバーに向かった。私は行きたくないとゴネて、二人だけで部屋に帰った。部屋でもぶすっと押し黙っている私に彼が逆ギレした。

「なんなんだよ。なんか気に入らないことがあるなら、いえばいいじゃない。せっかく苗場まで来てさあ」

「せっかくって、先週も来てたんでしょ！」

私がいうと、彼は、ゴルフの後、先輩から急に呼び出されて苗場に来たとかなんとか、かなり無理な設定を早口ででっち上げた。六本木ならまだしも苗場まで急に呼び出すか？　そう思ったけれど、あの頃はそれもありえない話ではなく、私はいい包《くる》められてしまった。

それから二十年ほどたったある冬のこと。スノーボード旅行に誘われた。スノーボードはしたことがなかったけれど、宿泊が苗場プリンスというので、なつかしくなって参加した。ところが、着いた途端、あれ？こんなところだったっけ？　と思った。こういっちゃなんだけれど、事務的というか大きなビジネスホテルみたいなのだ。増築が重ねられた館内はわかりにくいし、バイトばかりなのか従業員にたずねても要領を得ないし、居心地はよくなかった。

　ゲレンデに出る前に入った化粧室で鏡を見ると、それなりにくたびれた中年女がそこにいた。玉手箱を開けてしまった浦島太郎の気分だった。

流行の廃棄処分

八十年代、デザイナーズ・ブランドが大流行した。当時はカリスマなんて言葉は使われていなかったけれど、強烈な個性を持った誰かのフィルターを通すことで、他の人とは違う自分を確立させられるとみんなが思った。

大学を卒業した私はデザイナーズ・ブランドのメーカーＢＩＧＩに入社した。１９８７年のことだ。

大「学生」といってもほとんどの時間をディスコと苗場プリンスと逗子マリーナで過ごしていた私は、とんでもない社会人だった。新入社員は入社前、商品管理課という部署で研修をする。各店舗の売上表と電卓を渡され、売り上げの合計を計算するようにいわれた。

「私って文学部の人なんで、無理です。理系じゃありません」

自分ではまったく記憶にないのだけれど、バカ大学生の私はこういい放ったと後から聞いた。本当だろうか。自分が怖い。

入社してからは販売研修に出る。実際に売り場に立って、一枚の服を売る大変さを知るためだ。私はＭＯＧＡというシックなブランドの丸井渋谷店に行くことになった。丸井は若者とファッション関係者になくてはならない場所だった。丸井の赤いカードによって若者はローンという概念を知った。欲しいものがあってお金がなかったとしても我慢することはない、分割払いにすればいい。多くの若者がその発想を取り入れ、高価なデザイナーズ・ブランドの服を十二回払いや二十四回払いで手に入れた。

販売研修中は自社製品を着なければならないので、私は取り急ぎ、ブランド名の入ったＴシャツを社販で買った。胸の下辺りまで伸びた髪、こんがり日焼けした肌、Ｔシャツに合わせてジーパンを穿いて店舗に行った。逗子マリーナで遊び呆けていた大学生のまんまだった。私を見て店長は頭を抱えた。

「なんてかっこうしてるのっ。倉庫の整理じゃないのよ。そんな人から誰がうちの服を買うと思う？　お客様が買うのはただの布切れじゃないのよ」

お客様はＭＯＧＡというイメージに金を払うと諭された。私はそのイメージをぶち壊しているのだとも。

工場研修でもやらかした。研修中は長野の小諸市のビジネスホテルに泊まり込んだ。工場の朝は早く、超夜型の私は毎日遅刻寸前だった。眠くてうとうとして機械の操作を誤り、トレーナー数十枚の袖を切り落としてしまった。

売り場と工場の体験を終え、本社に戻ると会社をあげての大イベントがあった。ヨシエ・イナバのコレクションである。ＢＩＧＩの創立メンバーである稲葉賀恵先生の名前を冠した同ブランドはＢＩＧＩグループの中で最も格式の高いブランド。私にとっては雲の上にある印象だった。

当日は、新入社員も全員、背中にブランド名の入った白シャツを着て、会場に椅子を設置したり、楽屋でモデルの飲み物を用意したり、もろもろの雑用をする。楽屋のテーブルには小ぶりのおにぎりがきれいに並んでいた。おいしそうだったので、私はその中の一つを口に放り込んだ。賀恵先生の秘書が楽屋に入ってきて、血相を変えた。

「あらっ。おにぎりが一つなくなってる。何があったのかしら」

「ああ、それ、なかなかおいしかったですよぉ」

私が答えた途端、楽屋じゅうの人が驚いた顔でこちらを見た。おにぎりは秘書が毎回コレクション成功の願いを込めて、賀恵先生と常連のモデルのためだけに心を込めて作るそうで、新入社員がつまんではいけないものだったのだ。

けっこうな騒ぎになった。おにぎり一つぐらいでガタガタいわなくてもいいじゃない、私は心の中でつぶやいた。多少ふてくされていたかもしれない。途中から雑用すら頼まれなくなって、やることが何もなくなった。ショーが始まってからは、新入社員は全員、客席の後ろのそのまた後ろに立ってショーを見る。私は壁にもたれかかってモデルたちが優雅に裾を翻していく様子を他人事のように眺めていた。

ステージでは、絶妙な色合いのドレスやブラウスやスカートたちが美しいシルエットでやわらかく空気を揺らす。私の知らない、美しい世界が繰り広げられていた。

いつの間にか涙が出てしまった。モデルのポーズ一つ一つがはかないアートのように思えた。フィナーレで賀恵先生がステージに現れた時には声をあげてしゃくりあげてしまい、つい叫んだ。

「ファッションってすてき！」

今度はみんなに苦笑された。

私は早速、本社の地下にある倉庫にヨシエ・イナバの服を物色しに行った。すっかり虜《とりこ》になり、自分でも着てみたいと思ったのだ。今まで他人事だったのに、あれも欲しいこれも似合うかもと目移りしまくった。とはいえ、グループきっての高級ブランド。社販の割引を利用しても、簡単に買える値段ではない。ワンピース一枚でも新入社員の給料一月分ぐらいである。ダーツがたくさん入った白いブラウスを一枚買って、紺色のワンピースはあきらめた。
ＢＩＧＩでは、現場の販売員やデザイナー部門の人たちはよく服やバッグや靴のことを「この子」といった。最初に耳にした時はぎょっとしたけれど、働いているうちに気持ちがわかるようになった。それぐらい作り手の心血が注がれている。今では私も自分の本が刊行される度に我が子を送り出すような心境になる。あれと同じだ。

流行りの服は単なる布切れではない。デザイナーズ・ブランドで働いているうち、ダメ社員なりに販売研修でいわれた言葉が身に染みるようになった。

やっとファッションがなんたるかを知る入り口に立ったある日、社員全員に休日出勤が命ぜられた。先輩たちの口ぶりからどうやら恒例のことらしい。動きやすい服装で来るように、とのことだった。

「廃棄処分」の日である。

売れ残った商品をまとめて廃棄するのだ。在庫で抱えていると資産扱いになって税金がかかってしまうそうだ。

本社は有名建築家によるコンクリート打ちっ放しの二階建てで、地下には巨大な倉庫があった。そこに全ブランドの服がひしめいていた。

当日は地下の倉庫に社員総出で集まり、各店舗から返ってきた在庫を段ボールに詰める。

男性社員の何人かがその段ボールを地上の駐車場に運ぶ。そこには大きなトラックが待っていた。トラックはどこか遠くに行って、それらの服は断裁されると聞いた。

いつもは最新ファッションを身につけている営業マンやデザイナーもその日はカジュアルな動きやすい服で、一つの段ボールになるべくたくさん詰めていく。みんなほとんど口をきかない。そんな時間がないのだ。シワになろうが、形が崩れようがおかまいなし。ぎゅうぎゅうに詰め込む。中には私が販売研修で扱ったものもあって、最初は胸が痛んだけれど、機械的に服を押し込んでいくと感情が動かなくなる。いったん伸びをすると、同期の営業マンと目があった。彼が手にしていたのは数ヶ月前、私がここで見つけてあきらめたヨシエ・イナバの紺色のワンピースだった。営業マンは他の服と一緒に乱暴にそれを押し込んだ。

ほんの数日前まで店頭できれいに並び、ちやほやされていた「今シーズン」の服や靴やバッグたちは、今シーズンでなくなった途端、大切にされなくなるどころか邪魔ものになってしまうのだ。

この時、昭和六十二年。まだ世の中には「サスティナブル」なんて言葉や発想はみじんもない。人々の欲望が何より優先されていた時代だった。

流行ってはかない。

廃棄処分の光景は私に流行の残酷さを教えてくれた。

数年後、雑誌の編集部に出入りを始め、そのうち流行りものについて自分の名前で原稿を書くようになって、一時期は「トレンド・ウォッチャー」なんて呼ばれたりもした（自分で名乗ったことは一度もないですよ、念のため）。流行がちやほやされるのはほんの一瞬。旬が過ぎれば、大衆は冷たく手のひらを返す。だからこそその一瞬が輝く。その瞬間を追いかけているうちに、そんな肩書きがついてしまった。

✦トゥーリア

「トゥーリア」は、１９８７年にオープンしたディスコである。いろいろな意味でこの空間はバブルそのものだ。

場所は六本木七丁目、当時のいい方だと防衛庁のはす向かい辺り。鳴り物入りという言葉が相応しい開業だった。手がけたのは山本コテツ氏。空間プロデューサーの代名詞的存在だ。空間プロデューサーとは店や街の概念の決定と実行をする仕事で、八十年代になってそう名称がついた。時代の語り手として彼らがテレビ番組に駆り出されることも少なくなかった。

トゥーリアの経営元はレイトンハウス。これもまたバブル時代の象徴的な名称である。不動産会社がレーシングチームを所有するために作った会社で、イメージカラーの青緑色は「レイトンブルー」と呼ばれていた。

「地球に不時着した宇宙船」というのがトゥーリアのコンセプト。ビルのテナントではなく、六本木のど真ん中に建物一棟を新しく建てた。インテリアはＳＦ映画の金字塔『ブレードランナー』の美術を担当したデザイナーのシド・ミード氏が手がけた。六本木再開発のため三年間の期間限定という施設である。未完成のままオープンして、少しずつ手を加え、完成と同時にクローズする予定だった。こういう物語を作るのも「空間プロデューサー」の仕事だ。三年間だけのハコにかけた費用は八億円といわれている。この頃どれだけお金が余っていたのだろうか……。

　店内にはディスコ、バー、レストランがあって、一つの夜をここだけで楽しめる作り。不時着というコンセプトの通り、店内には人工的な荒涼感があった。「マハラジャ」のキンキラに浸かっていた私たちにはそれが新鮮に感じられた。甘いものの後には辛いもの、辛いものの後には甘いものがよく見える。時代が変われど、いつだってそう。

　トゥーリアとはギリシャ語で「三」を意味するそう。なぜギリシャなのか、当時は考えたこともなかった。アメリカ文化の影響一色だった東京には八十年代半ばあたりから急激にヨーロッパのものが入り始めたから、時期的にアメリカ以外の外国なら何でもおしゃれっぽく感じたのだろうか。

　フロアの天井の照明もここの売りの一つであった。ミラーボールなんてありきたりなものではなく、「ロ」の字形の長方形の巨大なライトだ。フロアが盛り上がってくると、音楽に合わせてそれが上下したり、発する光の色が変わったりする大掛かりなものだった。

１９８７年の暮れ、ディスコで顔見知りになった友人たちでトゥーリアに集まった。いつものごとく無駄話とダンスミュージック、煙草の煙と香水の匂いで夜が満たされていった。

「新年会もここにする？」

幹事役の男の子がなんとなくみんなに聞いた。

「他に、どっかある？」

他のディスコ同様に入り口にはスタッフが立っていて、「当店の雰囲気にそぐわない」お客様は入れないとのことだったけれど、トゥーリアはかなりの大箱である。それも師走とあって洗練された客だけでもなかった。自分たちのことを棚に上げ、あーでもない、こーでもない、と小さな文句をつけつつ、いろんな店の名前があがったけれど、結局、正月明けにまたトゥーリアで集まる約束をした。

あの頃の私はいつもふらふらしている分、大晦日は家の手伝いをがんばって、正月は別人のようにおとなしくするのが常だった。あの年も大晦日には家中の雑巾がけをして、除夜の鐘を聞いて新年を迎え、いつもと同じように静かな正月を過ごしていた。

１９８８年1月5日の夜、友人から電話があった。ベルが鳴ったのは午後十一時過ぎ。まだ携帯電話なんてものはなく、親と暮らしている自宅にかけてくる（それも松の内に）にしてはちょいと非常識な時刻である。彼女は切羽詰まった声で、

「リリコ、良かった〜。家にいるんだね」

などという。

「だって正月だもん。仕方がないじゃん。で、なんかかおもしろ……」

私の言葉をさえぎって彼女は続けた。

「トゥーリアで事故があったらしいよ」

六本木にいた彼女の友達が店の前を通ったら、救急車両が次々と到着し、何人もの警官が店内に入っていったそうだ。彼女もまた家にいるかの確認の電話をもらったという。テレビカメラがたくさん来ていて、ものすごい騒ぎになっているんだとか。あの自慢の照明が落下して、フロアで踊っていた人が何人も下敷きになったという。

「それ聞いて、真っ先にリリコがいたらどうしようって」

電話を切った後も、夜中まで友人からの電話が相次いだ。

テレビのニュースでは見慣れた店の外観が映し出され、その次に警官や救急隊員がものものしく出入りする様子になった。それを伝える記者の緊迫した表情が事故の悲惨さを物語っていた。報道によるとワイヤーが切れたことが原因だそうだ。巨大な照明の重さが2トンもあることを私は初めて知った。画面には血まみれで担架に乗せられた若者が何人も映った。文字通り身震いがした。ほんの数日ずれていれば、自分が下敷きになったかもしれないのだ。

翌日になっても次々と生存確認の電話がかかってきたし、私もトゥーリアにいそうな友達に片っ端からかけまくった。私の友人であの場にいた人はいなかった。

三名の方が亡くなり、十四名の怪我人がでた。後遺症が残った人もいると聞いた。トゥーリアはそのまま閉店、不時着した宇宙船は半年で泡となった。

六本木プリンスとホテル西洋銀座

黒川紀章建築の六本木プリンスホテルは奇妙な建物だった。

四角い箱の内側をくりぬいたような建物で、くりぬいたところには中庭があった。建物の外側は直線で構成されているが、内側の壁は揺れるように波打っている。中庭にはこれもまた歪んだ曲線を描く大きなプールがあった。エッシャーのだまし絵のように、ロビーの天井や階段の裏には飾りの階段がついているという作りだ。

いろいろなところから「斬新」をかき集めて詰め込んだような建物というのは、いい過ぎだろうか。１９８４年にこのホテルができて、数年後には後からバブルと呼ばれるようになったあの時代がくる。六本木プリンスホテルの個性は時代が求めていたのかもしれない。

中庭のプールがホテルの主役で、どこからでもプールが見えるように作られていた。ガラス張りのエレベーターからもプールが見えた。プールの側面にはアクリルガラスが使用されていて、ティーラウンジからはプールの中も見えた。温水プールで一年中泳ぐことができる。

開業は1984年9月27日。開業直後、私は大学のクラスメートと一緒にここに足を踏み入れた。

私たちは午後のフランス語の授業をサボって、飯倉の「ザ・ハウス・オブ・アルファ・キュービック」に秋冬物の服を見に行った。友人はさんざん迷ってアンヌ・マリー・ベレッタのワンピースを買い、私はさんざん迷ってラネロッシのニットをあきらめた。

いつもならブティックに併設されているカフェでお茶をするのだが、新しくできたプリンスホテルに行ってみようということになった。

ティーラウンジに通されると、右側にはプールの断面があった。長い黒髪の女性が黒い水着で泳いでいた。水の中で長い髪がゆらゆらと揺れる。まだ、プールではスイムキャップをかぶるという常識はなかった。プールといっても巨大な歪んだ池みたいなもので、黒い水着の女性はクロールでも平泳ぎでもなく、ただ水の中に漂っていた。彼女の意思を感じるのは、たまに足で水を蹴って身体の向きを変える時だけだった。

私たちの隣のテーブルには一人でコーヒーを飲んでいる男性がいた。流行っていたダブルのスーツにアースカラーのネクタイ、よく磨かれたレースアップの靴。新聞を広げて、読み耽っている。化粧室に行くついでに盗み見たら、日経新聞だった。しかし、熱心な視線は新聞ではなく、まっすぐプールに向かっていた。

黒い水着の女性が金魚鉢の金魚に思えた。

私も友人も新しもの好きでミーハーだったけれど、六本木プリンスにはそれきり行かなかった。

秋も深まった頃、逗子マリーナのテニスコートで知り合った男の子とデートをした。イタトマ（「イタリアン・トマト」のことです。六本木にしかない時はイケている店だったんだから）で待ち合わせて、「スパゴ」に食事に行った。スパゴはまだめずらしかったカリフォルニア料理のレストラン。あの頃の若者は西海岸のものならなんでも飛びついた。カリフォルニア料理といっても、地域にちなんだ何かではなくて、ビバリーヒルズの話題の店、スパゴの料理をそう称していたのだと思う。ちなみにスパゴを創業したウルフギャング・パックはアメリカ料理界の大スターで、今でもアカデミー賞授賞式のディナーの総監督を務めているそうだ。

１９８４年は『週刊文春』で「ロス疑惑」が報じられた年だ。当時、日本ではなぜかロサンジェルスをロスと呼んでいた。

輸入雑貨のブティックの経営者とその美しい妻がロサンジェルスで何者かに銃撃された。経営者は足を負傷し、妻は意識不明の重体。妻は米軍協力のもと日本に移送されてくるが、結局帰らぬ人となった。一躍、この夫婦は悲劇の主人公としてメディアを賑わせる。しかし、

『週刊文春』のスクープによれば、それは経営者が仕組んだ保険金殺人だったというのだ。「疑惑の銃弾」と題された『週刊文春』の連載や一連の報道を、大衆は連ドラのような感覚で追っていた。不謹慎な話だけれど。渦中の人物三浦和義はすらりと背が高く、ドラマチックなことをよく喋るし、亡くなった妻の美貌が事件をさらにドラマチックなものにしていた。そして、舞台はみんな大好きロサンジェルス。世の中じゅうがこの事件に熱中した。当時の私たちは、雑誌とはライフスタイルの教科書であり、小脇に抱えるアクセサリーでもあると思っていて、絶対にアクセサリーにはならないおじさん週刊誌（文春さん、ごめんなさい）には抵抗があったが、好奇心に勝てずに生まれて初めて『週刊文春』を買ってしまった。

　知り合って間もない私たちも、カリフォルニア料理を堪能しながらロス疑惑の話題で盛り上がった。

「友達のお姉さんの同級生のいとこの彼女が三浦和義と知り合いなんだって」

「ほんと？　どんな人だって？」

「素顔はいい人だって聞いたけど」

「そうなんだあ。かっこいいしね」

　こんな無責任な会話をした流れで、彼はデザートを食べながら次の約束を取り付けようとしてきた。

「今度、六本木プリンスのプールに泳ぎに行かない？」

「え……」

「温水だから、今の季節でも泳げるらしいよ」

私はあの日経新聞を手にしていた男性の視線を思い出し、カリフォルニア料理とロス疑惑で上がりまくっていたテンションが一気に下がった。見え透いた理由ではぐらかした。

調子に乗りやすい私でも、金魚鉢の金魚にはなりたくなかった。


銀座にホテル西洋銀座が開業したのは、六本木プリンス出現から３年後の１９８７年。コンセプトはスモールラグジュアリー。開業時は紹介者がいないと宿泊予約が取れなかった。東京の「隠れ家」ブームのはしりはこのホテルだったのではないだろうか。

宿泊客はエレベーターに案内され、それ以外で訪れる客はエスカレーター動線だった。客に「お帰りなさい」と呼びかけ、客室それぞれにパーソナル・セクレタリーがついた。ティーラウンジ「プレリュード」はヘレンドの器、クリストフルのマルメゾンの銀器が使われていた。

１９９０年11月、友人の結婚式があった。

１９９１年２月のバブル崩壊の三ヶ月前で、まさかあの時代が後から「バブル」などと揶《や》揄《ゆ》され、批判されるとは思わなかった。「今日より明日はより楽しい」は永遠に続くはずだったのに。

「一生に一度のことだから一日に何組も結婚式があるようなところではやりたくない」というのが、友人がこのホテルを選んだ理由だった。ホテル西洋銀座は宴会での利益を目的としていないのでウエディングのセットプランなどはなく、細部に至るまでホテルの担当者と話し合ったそう。まだウエディングプランナーという職業の呼び名はなかったが、担当者の対応はまさにそれだったという。手作り感あふれた粋な結婚式だった。ケーキは結婚式用のそびえ立つようなものでなく、普通の大きさのホールケーキ。各テーブルに置かれる花は新婦が好きな花屋からの持ち込み。お色直しはなし。披露宴の最中に誓いの言葉を交わす「人前結婚式」というのも新鮮に感じた。

バブル時代の結婚披露宴といったら、有名どころのホテルで社会的地位の高い人をできる限り集め、来客も多ければ多いほどよく、新郎新婦の衣装替えも必須で、「もっと派手に」「より大きく」という考えが当たり前。それに抵抗を感じた友人が駆け込んだのがホテル西洋銀座だった。

あの結婚式でなんでもかんでも盛ればいいってもんじゃないのだと思い知った。もっとも、結婚が一生に一度のことというのもあの時代までの価値観かもしれないけれど。

六本木プリンスホテルは２００６年12月25日、ホテル西洋銀座は２０１３年5月31日に閉館している。

対照的な二つのホテルだが、それぞれのかつての経営者は異母兄弟である。プリンスホテルの経営母体は西武鉄道グループで、トップは弟の堤義明、ホテル西洋銀座はセゾングループで、トップは兄である堤清二。元々不仲だったが、同じ西武グループにプリンスホテルという強力なブランドがあるのに西洋銀座を作った兄に弟は激怒したという。まだ東京に高級外資系ホテルが乱立する前のことだ。

昭和天皇が亡くなられた日

平成から令和になる時、渋谷のスクランブル交差点では若者が乱痴気騒ぎし、記念品が売り出され、世の中はお祭り騒ぎだった。昭和から平成になる時のあの世の中がしんとした空気が身にしみた私としては、なんとも不思議だった。

昭和が終わって平成が始まったのは１９８９年1月8日、まさしくバブルの真っ只中だった。この頃は西暦より和暦が多用されており、１９８９年の1月7日までと1月８日からではまったく別の時代という感じがした。

前年の秋頃から体調を崩されていた天皇陛下のご様子は、ニュース番組や新聞などで詳細に報道されていた。プロ野球中継やドラマの放送中でも画面には度々、その時の天皇陛下の体温、脈拍、血圧、呼吸数などがテロップで流され、下血の際は下血量までもが国民に知らされた。

ついに昭和は終わるのか、口に出さなくとも誰もが思っていた。

次第に自粛ムードが強まっていった。プロ野球優勝チームのビールかけがなくなり、にぎやかなバラエティ番組やはなやかな催し物などいろいろなことが取り止めになった。井上陽水が出演していた日産のＣＭは、彼が走る車の助手席に乗り、窓を開けて「皆さあん、お元気ですか？　失礼しまーす」と呼びかけるというもの。あの独特の声と台詞まわしが印象的だった。しかし、この台詞が状況にそぐわないという理由で途中から音声がカットされて放映された。

　昭和天皇が崩御されたのは1月7日早朝で、その日の午後には「平成」という新しい年号が発表された。昭和六十四年はわずか七日間しかなかった。

　当時の私は文章を書く仕事を始める前で、「家事手伝い」という名を借りた無職。自宅住まいでやることもなく、友達とふらふら出かけることで日々を埋めていた。あの日はお昼近くまで寝て、起きてテレビをつけ、昭和が終わることを知った。テレビは訃報一色。ＣＭもすべて自粛されていた。私は愛国者ではないし、かといって天皇制に反対するわけでもないけれど、悲しかった。今まで当たり前というか、意識さえしなかった「昭和」という年号がなくなってしまうのもさびしかった。

　その夜も友達と会う約束があった。「せっかくの土曜日だから」という理由で私たちは待ち合わせた。

銀座線の外苑前駅から地上に上がって、青山ベルコモンズの前に出て、街が静かなことに気がついた。青山ベルコモンズは今の青山グランドホテルの場所にあったファッションビルだ。私たちはスキーショップジロー近くのカジュアルなご飯屋さんで待ち合わせたが、店は閉まっていた。あの頃、スキーショップジローは店の前を通ってショーウインドウを見るだけでわくわくするような存在だった。

スマホもネットもＳＮＳもない、まだ駅では伝言板を使っていた頃である。移動中の友達に連絡するすべもなく、店の扉に寄りかかって待っていた。よくあることだった。ほどなくして友人が来て、他の店を探しに青山通りに出た。今はあまり使われない呼び名のようだが、２４６の三宅坂から渋谷までを青山通りと呼んでいた。

いつもはにぎやかなこの大通りも人が少ない。表参道のカフェに行ったけれど、そこも閉まっていた。街じゅうが喪に服しているのだった。それでも私たちは家に帰ろうという気にはならなかった。

何軒か空振りして、かの「ブラッスリーD」を確かめてみようということになった。

岡田大貳氏の手がけたレストランで、ブラッスリーDのDは大貳のDだ。岡田氏は東京の夜を作った人物といっても過言ではない。プロフィールを書き出すだけで、東京の夜の歴史がわかる。１９６０年代、東京のディスコのはしりだった赤坂の「キャステル」で支配人を務めた後、六本木で一番スノッブだったディスコ「ザ・ビー」を手がけ、１９８１年青山にファッショナブル中華のはしりである「ダイニズテーブル」を開業する。１９８６年に原宿にオープンさせた「クラブＤ」はその名の通りディスコからクラブへの転換となった店だ。

　青山通り沿いにあるブラッスリーＤは、ダイニズテーブルと同じように一レストランというより社交場というほうが相応しかった。おしゃれな大人たちが毎夜毎夜集っていた。私はブラッスリーＤで、それなりのレストランには待ち合わせのためのバーがあることを知った。

　無職にはハードルの高い店だけれど、思い切って階段を上がると、こんな日の夜でもブラッスリーＤは開いていた。

　いつもははなやかな客で埋め尽くされている店内の客はまばらだった。バーカウンターには中年の男女がいて、男性はグレーのスーツに紺色のネクタイ、女性は黒いワンピース。女性の左手首には華奢な腕時計があって、アクセサリーはそれだけだった。二人の前のグラスには赤ワインが注がれていた。

　カウンターの向こうのバーテンダーは、「いらっしゃいませ」の代わりに黙礼し、お互いにゆっくり深々と頭を下げた。私たちも赤ワインを注文した。グラスが運ばれてきて、なんとなく隣の男女と目線を合わせてみんな静かにグラスをあげた。

　中年の男女もバーテンダーも黙っていた。私たちもほとんど話さなかった。残り数時間となった昭和を思いながら、ワインを味わった。店を閉めるだけが喪に服すことではないのだと思った。

この話にとくにオチはない。昭和最後の日、街が喪に服していて、しんとしていたことを記録しておきたいだけだ。

✦横浜ディスコテーク

ディスコの語源はフランス語のディスコテークで、レコードを意味する「ディスク」と棚を意味する「テーク」を合わせたもの。それまでダンスホールでは生バンドが演奏して客が踊っていたが、もっと気軽に楽しめるようにと音楽をレコードで流すようになり、その空間がディスコテークと呼ばれ始めたらしい。

「レコード置き場」を意味する言葉をダンスホールにあてたのはフランスの映画監督ロジェ・ヴァディム。本人が自伝でそう書き残している。ヴァディムは、ブリジット・バルドーと結婚して離婚し、カトリーヌ・ドヌーブと同棲して一児をもうけたが別れ、ジェーン・フォンダと再婚して一児をもうけ、それもまた離婚というプレイボーイぶりでも知られている。パリでは１９４０年代に「ラ・ディスコテーク」というバーもオープンしていたというから、同時多発的に使われた言葉なのかもしれない。

私が若者だった頃、音楽はインテリアでもあったしアクセサリーでもあった。気分の話ではなくて、ＬＰレコードのジャケットを部屋に飾ったり、小脇に抱えて持ち歩いたりしていたのだ。どのアルバムのどんなジャケットを用いるかで、おしゃれっぽくもなれば、ダサくもなる。おおよそ30㎝×30㎝、厚さ数ミリの紙の箱に、当時の若者は自分の個性を預けた。

高校生の頃、親の目を盗んではディスコに行ったのも、最新の音楽を知ることが一番の目的だった。

どのディスコでもＤＪブースの前には四角い透明な袋が下がっていて、今かかっているレコードのジャケットが入っていた。盛り上がるフロアの派手な空気を眺めるのは楽しかったが、あの頃の私にその渦に入る勇気はなく、物欲しそうに壁にへばりついていた。そして、ＤＪブースの横に掲げられたレコード・ジャケットを穴があくほど見た。これと思ったレコードの外見を覚えこむために。

翌日もしくは翌々日、できるだけ記憶が鮮明なうちにタワーレコードに行き、輸入レコードの棚でそれを探す。一枚一枚チェックして、覚えこんだジャケットと同じものを買う。高校生のお小遣いにはＬＰレコード一枚分の約三千円は大金だったから、レコードを棚から出し入れする時は必死だった。

買ってきたレコードに針を落とし、曲が始まるまでの数秒間、ジ、ジジ、ジという針の音を聞いている間はどきどきした。自分の記憶が正解なのかどうか、曲が始まってみないとわからない。自宅でのあの瞬間までを含めてが、私にとっての「ディスコテーク」だった。
八十年代のディスコで、カール・カールトンの「シーズ・ア・バッド・ママ・ジャマ」という定番の曲があった。当時の典型的なディスコソング・ヒットだ。どういうのが典型的かというと、曲にセックスの匂いがまとわりついているかどうか、である。ＢＰＭなんて言葉もなかったし、いやあったのかもしれないがそんなの普通にディスコで遊んでいる人が使うものではなかったし、ＡメロだのＢメロだのなんて知った口をきく人もいなかった。具体的な条件なんかではなく、ディスコのフロアでみんなが求めていたのは「どことなくエッチ」な音だった。「シーズ・ア・バッド・ママ・ジャマ」は、なんというか、シーツが擦れる音がしそうな歌なのだ。

　その曲を知ったのは横浜駅近くのサーファー・ディスコ「Ｋ＆Ｅ」だった。横浜には、本牧の「リンディ」とか元町の「アストロ」とか港町らしく外国人（そのほとんどは米兵とその関係者でしたね）の多い本格的なところがたくさんあった。六本木にはない軽さと濃さがこの街の個性。高校生の私が足を踏み込めるのはせいぜいＫ＆Ｅや伊勢佐木町の「シュガーストッキング」くらいだった。

　夜も深まってくると、その日二度目の「シーズ・ア・バッド・ママ・ジャマ」がかかって、フロアにいる男女はみんな嬉しそうに身体をくねらせていた。カール・カールトンの「ララ

〜、ラララ〜ララ〜、ララ〜」というハミングの後に、揃って「ウー、フー」なんて掛け声もかける。中には目をつぶって首を左右に振り、取り憑かれたようにウー、フーと叫ぶ人もいた。実際に取り憑かれていたのだろう。ミラーボールにね。

初心《うぶ》な高校生にはフロアの人たちは遠い世界にいる大人に見えた。私が知らない、いろんな楽しいことを知っている大人たち。女性はみんな胸までの長い髪のサイドを大げさに横に流していて、日に焼けた肌が際立つブルーのアイシャドウ&ラメの入ったピンクの口紅だった。男性は制服のように紺色のぴったりしたパンタロン。後で知ったが、これは当時大流行したファーラーというブランドのパンツだった。

この光景を所有したい！　そう感じた私は、通路の壁にへばりついたままＤＪブース横の透明な袋をチェックした。そこには、アフリカ系男性の裸の上半身が写っていた。フロアで楽しそうに身体をくねらせる大量の男女と相まって、なんだかいけないものを見てしまった気がした。いつものようにレコードのジャケットを凝視できなくなった。

翌日の土曜日、江ノ電と横須賀線と山手線を乗り継いで、渋谷のタワーレコードに行った。もちろんフロアが大盛り上がりしていた「シーズ・ア・バッド・ママ・ジャマ」が入ったカール・カールトンのアルバムを探すためだ。輸入盤の棚の前で深呼吸して、頭の中でアフリカ系男性の裸を思い起こしながら、レコードを一枚ずつ取り出しては戻し、取り出しては戻した。店内にいる人に自分の頭の中を見られたらどうしようと思うと、手の動きはさらに速くなった。

砂浜に落としたコンタクトレンズを探している気分だったが、果たしてそのコンタクトレンズは見つかった。男性の裸が写ったそれをレジで差し出す時は、恥ずかしくて顔を上げられなかった。

その夜、家族が寝静まった真夜中まで待って、ヘッドフォンをしてそのレコードをかけた。ジ、ジジ、ジという針の音の間隔がいつもより長く感じた。しかし、ヘッドフォンから流れてきたのは全然別の曲ではないか。よく見ると、同じアフリカ系男性の裸でも髪型が違うし、こちらは多少の着衣がある。あせるあまり記憶が曖昧になっていたようだ。後日、もう一度タワーレコードに行って、無事に「シーズ・ア・バッド・ママ・ジャマ」を手に入れた。

令和の世の中では、アプリを開くと、音を拾ってスマホが曲名を教えてくれる。なんと便利なことか。でも、便利過ぎて、せっかく教えてもらった曲の名前をすぐに忘れてしまう。そもそも月にいくばくかを支払えば、スマホが気を利かせてこちらの好みっぽい音楽をかけてくれるのだから、わざわざ曲名を覚えなくても済む。便利ってつまらない。知りたいという欲望が湧き起こる前に解決されてしまうのだ。

ちなみに、バッド・ママ・ジャマとはスタイルのいい女性を指す当時のスラングだそう。

あの頃、軽薄であることは褒め言葉だった。こと恋愛においては特にそう。相手を取っ替え引っ替えするのがかっこいいという価値観がはびこっていた。二股かけたぐらいで芸能人が謝罪会見する今では考えられない。恋愛はファッションだった。

　クリスマス・イブは恋人と過ごすための夜という風潮が生まれたのは八十年代後半。12月の第二週になってもクリスマスイブの予定が決まっていないと、みんなあせり始める。恋人の存在は、この一夜にひとりぼっちにならないためにあった、というのはいい過ぎか。

　私も流行りに乗って、クリスマス・イブに友達以上恋人未満の男の子と都心のフレンチ・レストランの「クリスマス特別メニュー」に行った。店内にはカップルしかいなかった。そりゃあ、そうだ。わざわざ高いお金を出して、作り置きのお仕着せの料理を食べなきゃいけないのだから、家族や友達同士のグループなんか来るわけがない。

　壁側には揃いも揃って黒か紺の別珍のワンピースを着て、セミロングかロングの髪を巻き、太いカチューシャをした女の子たちが並び、反対側に座る男の子は揃ってスーツかタキシード。似たような格好をして、同じタイミングで同じ料理を食べる。居心地の悪さを通りこして、笑いが出そうになった。

手元に『ＰＯＰＥＹＥ』の１９９０年12月5日号がある。表紙には赤い文字で「クリスマス大成功読本」。どうすれば彼女とスマートですてきなクリスマスを過ごせるかの指南書だ（『ＰＯＰＥＹＥ』はこの号に限らず、彼女を作る方法は教えてくれないんですよね。恋人はいて当たり前の設定）。この特集では気取ったフレンチより陽気なイタリアン、それも郊外のイタリアンに行けと指導している。

クリスマス・イブに何を着て出掛けるべきかやプレゼントのセレクトはもちろん、レストランの後に行くバーやホテルも提案してある。あの頃の男の子って大変だったんだなあ。「深夜のＸマスイブは一年中で一番タクシーがつかまらない」と、無線タクシーの一覧表まで載っていた。こちらは、ワンレンかきあげて「車、まだぁ？」とかいっていただけだった。

申し訳ありませんでした。

レストランの後はシティ・ホテルというのが、定番のクリスマス・コースだった。

あの頃はホテルとラブホを区別するために、ホテルの前には「シティ」という枕詞が必要だった。男の子はたとえ恋人がいなくても、春からクリスマス・イブのホテルの部屋を予約しておくのは普通だった。人気のホテルだと夏になる前にもう12月24日が満室なんてこともあった。25日のチェックアウト時刻になると、ロビーでは支払いをする男の子たちが列をなし、その周辺にはしおれた花束やブランドの紙袋を抱えた女の子たちが所在なげにウロウロしている光景はこの季節の風物詩。

一番の人気は赤坂プリンスだったが、舞浜のホテル群も格好の舞台となった。ディズニーランド開園から五年後の１９８８年に、舞浜にはシェラトン、ヒルトン、第一ホテル（現在はオークラ）という三つのホテルが開業する。立地は横並び。そこに目をつけ、クリスマス・イブはこれらの部屋をダブルブッキングする強者も少なくなかった。

あまりうまくいっていない本命の彼女とはシェラトン、新しく付き合い始めた女の子とはヒルトン。本命とはルームサーヴィス、新しい子とはホテルのレストランで食事をして、いったん都心の会社に戻り仕事をしているふりをしてから、舞浜のホテルに戻る。舞浜では数時間ごとにシェラトンとヒルトンを行き来したそうだ。車で行き来しようとしたら、クリスマス渋滞で身動きが取れなくなり、車を路肩に停め、走って移動した。会話でボロが出ないように、プレゼントは二人ともティファニーのオープンハートを渡したが、どちらの女の子とも翌年に別れてしまったという。

私の若い頃はというと、雑誌の仕事は年の瀬が一番忙しいこともあって、期待されるようなはなやかなクリスマスは過ごしたことがあまりなく、毎年、原稿を書いていた記憶ばかりだ。

あれは二十代最後のクリスマス・イブ。夜遅くまで仕事をして、車で帰る途中だった。街を歩く人は腕を組んだカップルだらけ。もうすぐ24日から25日に日付が変わろうという時、ふと赤坂プリンスが目に入った。ほぼすべての部屋の窓に灯かりがついている。あの窓の向こうでみんな揃って同じ行為をしているのかと思うとおかしくなって笑い声が出た。クリスマス・イブにはセックスも制服になる。ラジオからはこの時期お決まりのジョン・レノン&ヨーコ・オノの「ハッピー・クリスマス」が流れてきた。マライア・キャリーの「恋人たちのクリスマス」はまだ世に出ていなかった。

✦家電 留守電 携帯電話

先日、友人との別れ際に「たまには電話するね（ＬＩＮＥじゃなくて、との意）」といいながら、左手を握って左耳にあて、右手は胸の辺で人差し指をぐるぐる回す、というジェスチャーをしたら、いったんは向こうに行きかけた友人が戻ってきて、私の両手を自分の両手でしまいこんだ。

「ちょっと、今時その仕草ヤバいって」

私が無意識にやったのは、もちろん黒電話のダイヤルを回す動作である。電話をかけるといったら、タップすることではなくダイヤルを回すこと。電話機は文章を送るものではなく、話すための機械だった。

かつて、恋愛のほとんどは電話から始まったといっても過言ではない。知り合うきっかけはいろいろだったにせよ、メールもＬＩＮＥもメッセンジャーもインスタもない時代、気になる人との距離を縮めてくれたのは電話だった。

昭和の頃、家庭で使われていたのは黒電話である。黒い丸みを帯びた箱のようなものと受話器が、くるくる巻いたコードで繋がれていている。箱の正面のダイヤルには十個の穴が空いていて、それぞれ0から9までの数字がふってある。受話器をあげてから、ダイヤルを右の指止めまで回すとその数字が検知され、電話をかけられる。ジージーと音を立てながらダイヤルが右までいって、ガガガガと元の位置に戻ってから、次の数字を回す。電話番号一つをかけ終えるまで、今では信じられないくらいの時間がかかっていたあの間に、もどかしさや期待、緊張と迷いと後悔、いろいろな感情を味わえた。

電話は一家に一台が普通だった。親機子機などという発想はなく、自宅にかけたからといって話したい相手が出るとは限らない。たいていは居間の主である母親、運が悪ければ父親というケースもあった。そして昭和の父親は不機嫌と相場が決まっている。昔の男の子は目当ての子と連絡を取るだけで、ものすごいプレッシャーを受けていた。

マユミ（仮名）のある日の出来事。

黒電話がリーンリーンと音をたて、たまたまそばにいた父親が電話を取ってしまった。母親と違って常識的な応対などしてくれず、ぶっきらぼうな「はい」だけである。ちなみに、この頃は番号表示というお節介な機能はないから、受ける側は誰からかかってきたのかわからない。

男の子はうわずる声でいった。

「あのう、私、サトウ（仮名）といいますが、マユミ（仮名）さんはご在宅でしょうか？」

「どこのサトウ（仮名）くんかね？」

男の子はますます焦る。

「世田谷区のサトウ（仮名）です」

「住んでいる場所を答えてどうするっ。どこのどいつだと聞いているんだ」

「すみませんっ。私、慶應大学シルバーキャノンテニスクラブのサトウ（仮名）と申します。マユミ（仮名）さんはお手すきでしょうか」

「もう休んでいるので、明日またかけ直しなさい」

がちゃっ。ピーピー。

いやいや、お父さん、まだ夜の7時半なんですけど…。

こんなエピソードはそこらじゅうに転がっていた。

それぞれの部屋に電話が付くようになったのは八十年代後半。私は大学生だった。

ある日、親機と子機というユニットが我が家にもやってきた。二階にある自分の部屋に専用の子機を取り付けてもらった私は、六本木に出かけていない夜はほとんど毎晩、友達やら彼氏やらと電話でおしゃべりをした。もう黒電話のコードを引っ張って寒い廊下に出てひそひそと話さなくてもいいと思うと、それだけで自由になった気がして、どうってことのない、たわいもない話でも楽しくて仕方がなかった。まだコードレスではないので、子機の取り付けられた壁に寄っかかりっぱなしでの長電話である。

　我が家の電話代が急激に上がった。ある日、父に「ちょっとそこに座りなさい」と改まっていわれ、先月の電話代が八万円を超えたことを告げられた。私の夜中の長電話が原因なのは明らかである。母に、どうして大学で毎日会っている友達と夜中に電話でまた話すのかと聞かれたけれど、自分でもわからなかった。ただ楽しかったから。父と母にずいぶん注意をされたのに、私は自分の部屋に戻るや否や友達に電話をかけた。

「ちょっと聞いてよ、この間シパンゴで声かけてきた青学の男、エミコ（仮名）の元カレなんだって。知ってたあ？」

「へえ。エミコ（仮名）って、最近、ワーゲン・シロッコに乗ってるよね」

「シパンゴ」というのは六本木「エリア」の上の階にあったディスコ。エミコ（仮名）というのはバイトでモデルやコンパニオンをやっている派手な女の子。他校の学生だが、ディスコでよく見かける。いかにもゴルフやＢＭＷではなくてシロッコを選びそうなタイプなのだ。

そんな脈絡のない噂話をしていたら、部屋のドアが音を立てて開いて、父が無表情で入ってきた。私の手から受話器を取り上げ、無言のまま電話を切って、いきなり私の右頬を叩いた。そして、ひと言もいわずに出ていった。生まれて初めて叩かれた。何が起こったのかわからず、少したって叩かれた頬が痛いことに気がつき、涙が出てきた。その日は晩御飯の時間になっても部屋を出られず、夜中までずっとしゃくり上げていた。

生まれて初めて車載電話を見たのもあの頃だ。友人の恋人の車に電話が付いていた。

友人はかわいらしいタイプで、パリ志向のシックなファッションを好んでいた。彼女はある時、かなり年上の男性と付き合い始めた。離婚歴のある人で、不倫ではないけれど、両親が交際をよく思っていないと悩んでいた。悩むというより、それによって燃え上がっていたのだろう。今だからよくわかる。遊んでばかりの大学生はシリアスなドラマに飢えていたのだ。

葬儀社を営んでいるというその男性はずいぶんと羽振りがいいようで、しょっちゅう私たちにまで食事をご馳走してくれた。「リストランテ山崎」「イ・ピゼッリ」「クランツ」「トゥールダルジャン」、いろんな高級店にぞろぞろとついていった。

その日は、「キャンティ」に行くことになった。今はない六本木店である。その人は白いメルセデスに乗っていた。後部座席に私たち友人が乗り込むと、コンソールボックスについた車載電話でレストランに電話をかけた。車から電話が生えているように見えた。

「あと十分くらいで着くから、よろしく。綺麗なお嬢さん方を三人ほど連れて行くよ」

電話を切ると二人で熱く見つめ合ってから、友人は後ろを振り向いた。

「彼の仕事って、いつ連絡が入るかわからないでしょ？　だから車にまで電話をつけているんですって」

うっとりした口調だった。電話といったら家か公衆電話ボックスしかなかったから、動く車の中から電話をかけるなんて信じられないドラマだった。後部座席でおとなしくしていた私でさえ、未来の中にワープしたような気になった。生まれた時からスマホが当たり前の人が聞いたら、笑っちゃうだろうけれど。というより何をいっているのか、わからないか。

あの車載電話は単なる通信手段ではなくて、経済力や行動力の証であり、恋愛の場面でおおいに効く小道具だった。

その後、電話はものすごい勢いで進化していった。

一家に一台ではなく一人に一台になって、個人がそれぞれ専用の番号を持つようになったのは車載電話で驚いてからほんの二〜三年後だ。同時に不在の場合は留守番電話のメッセージが応答するという技術革新もあった。

部屋の留守番電話のメッセージは当時の若者にとって自分の個性をアピールする格好のアイテムだった。おどけた口調で自己紹介をする男の子や松田聖子もびっくりのカマトト口調でメッセージを促す女の子はたくさんいた。ＢＧＭに凝るのは当たり前。留守番電話の応答メッセージのＢＧＭを毎週、時々のヒット曲に替える強者（いや、暇人か）も現れた。彼の応答メッセージを聞けば、ディスコで今一番流行っている曲がすぐわかって便利だった。そのうち何が流行っているのか曲名が知りたくてかけているのに、留守番電話にならずに本人が出るとがっかりしたりもした。

私が自分の応答メッセージに多用していたのはＡＯＲ＝アダルト・オリエンテッド・ロックである。ボビー・コールドウェルの「スペシャル・トゥー・ミー」とかドナルド・フェイゲンの「I.G.Y.」とかリー・リトナーの「イズ・イット・ユー」とか。あの頃の自分が他人にどう見られたがっていたのか、手に取るようにわかる。ひと味違う、センスのいい大人な自分を演出したかったのだ。私ってディスコで騒いでいるだけじゃないから！　と叫びたかった。結局はエミコ（仮名）のシロッコと同じ。

ルパート・ホルムズの「Ｈｉｍ」を使った時は、しゃれたイントロを電話をかけてきた人に聴かせたくて、歌が始まるまで応答メッセージを吹き込まなかったら、長過ぎてめんどくさいと不評だった。

今でも耳にこびりついて離れないのはヤマモト君（仮名）の応答メッセージである。ＢＧＭはワンズと中山美穂の「世界中の誰よりきっと」。ミポリンの歌声に乗って、「ハーイ、ディスイズジミー、アイムノットインマイルーム、プリーズ、リーブユアメッセージ」とたどたどしい英語が流れるのだ。彼は帰国子女でもなんでもないし、ジミーなんてあだ名は付いていなかった。どうして英語なのかジミーなのか。きっと「インターナショナルなおれ」に見せたかったんだろう。でも、それなら何故洋楽でなくてミポリン？　今でも謎である。

電話は車よりファッションより色濃く時代を物語っていると思うのだけれど、生活様式を一変させたのはやっぱり携帯電話だった。

私が携帯電話を持つようになったのは、ルパート・ホルムズのメッセージから数年後。留守番電話の対応はメッセージから携帯電話への転送になった。当時の携帯電話はパウンドケーキの箱みたいな形で、片手で持つのがやっとの大きさだった。長電話すると腕が痛くなるぐらい重かった。

今でこそ老若男女みんなが携帯電話を手にしているけれど、当時の携帯電話はチャラさの象徴だった。いつでもどこでも連絡を取れるのはイコール目先の欲望を強引に叶えるということで、みんな引いていたのだろうか。

得意がって使いまくっていたら、母が近所の人に「まさかリリコが携帯電話なんか持つようになるとはねえ」とため息交じりにこぼしていた。娘が背中に和彫でも入れちゃったかのような落ち込みようだった。

ある文筆業の方は「携帯電話を使うような下品な人とは友達になれない」と書いていらして、後々その方と対談をすることになった時はすんごく緊張した。

当初は携帯電話を使いこなしているのは都会の浮草の証だったのだ。まあ、都会の浮草なんていういい方も今はしないか……。

あんなに世の中に悪者扱いされていたのに、携帯電話はあっという間に市民権を得て、今やライフラインの一つである。待ち合わせの駅ですれ違ったり、残業が終わらない恋人を車の中でずっと待っていたり、ああいう時間はもう二度とないのだ。私たちは便利と引き換えに何を差し出したのだろうか。

✦アース・ウインド＆パーコー麺

モデルの友達とよく遊んでいた時期がある。読者モデルではなく、人気雑誌の表紙を務めるようなプロ中のプロだ。小さな顔に完璧な目鼻立ち、華奢な骨格に長い手足、アーモンド形の瞳は人の心を捉えて離さない。何度も会っている同性の私でも時々見とれてしまうような美しさだった。

私が仲良くなった頃はすでに引退していたけれど、彼女と一緒にいるとおいしい誘いが山のように降ってきて、横で見ていてもいちいち優先順位をつけたり断ったりするのがめんどうくさいのはよくわかった。だから、彼女は忖度など一切しない。その時、自分が行きたいかどうかだけで判断をする。六本木で飲んでいて北海道にいいお寿司屋があると盛り上がればそのまま羽田空港に行き、軽井沢でのゴルフの約束を前日の夜に断ってディスコで朝まで遊ぶ、そんなふうに生きていた。多分、男性を落胆させることなどなんとも思っていなかっただろう。いちいち気にしていたらやっていられないのだ。

少しだけ年下の私のことは苗字呼び捨てだった。彼女も私もあんまり女の子らしいキャラクターではないし、『傷だらけの天使』みたいなんていい気になっていた。

「アマカス〜、今日の夜、アースのコンサート行かない？」

そんな電話がかかってきたのはすでに午後五時頃だった。コンサートの開始まで二時間ぐらいしかない。書かなきゃいけない原稿があったけれど、アース・ウインド＆ファイアーに行かないわけにはいかなかった。私はあわててシャワーを浴び、身支度を整えた。

七十年〜八十年代のディスコでかかるダンス・ミュージックはたいていアフリカ系アメリカ人のバンドによるもので、中でもアース・ウインド＆ファイアーはヒット曲の多さで群を抜いていた。「ファンタジー」「セプテンバー」「ブギー・ワンダーランド」「レッツ・グルーヴ」など、イントロだけでディスコのフロアが沸くような曲がたくさんあった。フィリップ・ベイリーとモーリス・ホワイトのツイン・ボーカルが売りだった。フィリップ・ベイリーの繊細で力強い高音は六本木の夜を彩る絵の具の役割を担っていた。

コンサートの場内は派手なファッションの男女であふれていた。私はジャン・マルコ・ヴェントゥーリの黒いワンピースに蛇革のハイヒール、左胸には赤いフリンジがついた金色の大きなブローチをつけた。エスカーダのものだ。自分なりにアース・ウインド＆ファイアーに敬意を表したつもりだった。バッグはチェーンのついたシャネルのもの。チェーンは金具と布が組み合わさっていて、身頃の半分までの蓋がついているタイプだ。

彼女のウエストを絞ったベージュのスーツはジェニー。自分の名前でブランドを始める前のジャンニ・ヴェルサーチがデザイナーを務めていたことでも知られるイタリアのブランドである。バッグはシャネルで私と同じタイプ。女の子が気合を入れる時、たいていこのバッグだった。

私たちの席は正面の前から数列目という好位置。ヒット曲のオンパレードのコンサートは半分ディスコにいるみたいで、あっという間にアンコールになった。目の前で繰り広げられる「セプテンバー」は最高にテンションが上がった。

武道館を出ると九時をずいぶんと過ぎていた。二人ともお腹が減っていて、ホテルのコーヒーハウスに行くことになった。

「帝国ホテルのユリーカで野菜カレーと1ドル銀貨のパンケーキってどう？」

「それもいいけど、キャピトル東急のオリガミでパーコー麺は？」

「パーコー麺、いいねえ。そうしよう。あ、そうだ。パーコー麺の前にアースに会っていこつか」

「ん？　アース？　会う？」

なんでも、チケットをくれた人がアース・ウインド&ファイアーとキャピトル東急のスィートルームで打ち上げをしているという。かつて「外タレ」が泊まるホテルといえばここだった。あの頃、映画スターだろうが大物ミュージシャンであろうが、海外から日本にやってくる芸能人はすべて外国人タレント＝「外タレ」と括られていた。そして外タレといったら、キャピトル東急だった。ビートルズが初めて来日した時に宿泊した「東京ヒルトンホテル」は、キャピタル東急の前身であり、日本初の外資系ホテルだった。

最上階のスィートルームはむっとするほどの甘く濃い匂いに満ちていた。アース・ウインド&ファイアーのメンバーや関係者らしき男性たちに混じって、かなり派手な女性が何人もいて、彼女たちの香水にいろいろな人の体臭と人いきれが混じって不思議な匂いを作り出していた。女性たちはみんな判で押したようにチリチリのソバージュ、太いアイラインに真っ赤な口紅、ヒョウ柄かアニマルプリントのぴったりしたニットに紫色やらゴールドやらのジャンパーを羽織り、スパッツのようなものを合わせているのも同じだった。シーラ・Eもどき、といったらいいだろうか。もちろんパーカッション叩きながら歌うシーラ・Eはかっこいいが、もどきたちには別の迫力があった。

私たちは関係者に紹介され、フィリップ・ベイリーに挨拶をした。小声で囁くように話す、物静かな人だった。さっきまでの高音の歌声とは別人のよう。ホテルのスィートで外タレと打ち上げ、なんて書いたら、酒池肉林の宴を思い浮かべるかもしれないが、そんな気配はまったくなかった。

そんな中、他のメンバー（だと思いますが、正直なところフィリップ・ベイリーとモーリス・ホワイト以外の顔がわからないんです）がにじり寄ってきて、彼女に「ビューテホー、ビューテホー！」と連呼した。私たちをぐるりと囲んでいるシーラEもどきたちがこちらを睨みつけてきた。あまりの迫力に、目の前のフィリップ・ベイリーよりそちらの方が気になってしまった。怖かった。お腹が空いていた私たちはさっさと部屋を後にした。

下界に降りると、ロビーにはスイートルームに入れなかったシーラ・Eもどきがたくさんいて、アース・ウインド＆ファイアーの人気を改めて実感した。私たちはオリガミに行き、パーコー麺とナシゴレンを頼んだ。

揚げた豚のあばら肉がのった中華麺はここの名物だ。シンプルなスープが肉の香ばしさを引き立てていて、本当においしい。「オリガミ＝パーコー麺」が定着しすぎてナシゴレンが陰に隠れているが、これもオリガミびいきが必ず頼むメニューだった。今でこそあちこちのレストランやカフェのメニューにあるけれど、あの頃の東京ではまだほとんど見かけなかったから。オリガミはホテルのカフェらしい落ち着きと折り目正しいサーヴィス、ホテルのカフェらしからぬ攻めたメニューで、他のどこにもない個性を持った空間だった。長くなりそうな失恋話なんかを聞く時はオリガミが定番だったのは、そんな理由だ。

私たちはパーコー麺やナシゴレンを勢いよく食べた。

「フィリップ・ベイリーってもの静かな人なんだね」

一息ついて私がいうと、彼女は不思議そうな顔になった。

「フィリップ？　誰それ？」

「えーっ。アース・ウインド＆ファイアーのヴォーカル。声の高い方。さっき話したじゃん」

「そうなんだ。正直なとこ、あんまり興味ないんだよね」

スープの染み込んだあばら肉は相変わらずおいしかった。

環八イエスタディ

かつて「イエスタディ君」とあだ名された男の子がいた。あれは八十年代半ば、昭和の終わり頃。本人はそう呼ばれていたことは知らない。私たち女の子だけに通用するあだ名だった。彼がビートルズのファンだったとか、そういう話ではない。

当時、環八沿いには、「プレストンウッド」「デニーズ」、そして「イエスタディ」というアメリカンダイナー的な店が立ち並んでいた。ドライブがてらに環八に行ってご飯を食べたりお茶をしたりお酒を飲んだり（助手席の人がね）、というのは定番のデートコースの一つ。盛り上がれば第三京浜に乗って本牧や元町まで足を延ばす。「アロハカフェ」とか「リキシャルーム」あたりに行くわけだ。六本木のディスコで羽目を外すより、スマートに見えるコースだった。

今のようにミシュランの星がどうのこうのという時代ではない。アメリカンダイナーやそれ風のファミリーレストラン、カフェバーでじゅうぶん気分が上がった。バブル時代の遊んでいる女の子というとばかばかしい贅沢をし尽くしたように受け止められがちだけれど、実情はこんなもんである。デニーズだっておしゃれな店扱いだったしね。かのイエスタディがすかいらーくの系列店だという事実を知ったのは、同店が閉店する時だ。

大学を卒業して勤めた会社は一年で辞め、家でぶらぶらしていた私はとにかく暇を持て余していて、環八沿いにはよく遊びに行った。自分で車を運転して行くこともあったが、私の住む鎌倉まで迎えに来てくれて環八の店に行き、また鎌倉まで送ってくれるというハイヤーのような男の子もいた。当時は車で移動をする＝ドライブもれっきとした娯楽で、車は一軒の店みたいな感覚だったから、送られる私も送る相手もそんなに負担ではなかった。だからこそ男の子たちは車種にこだわり、車内に置いておく雑誌やかける音楽にも創意工夫をして、自分の店をレベルアップした。

ホイチョイ・プロダクションズの仕事を手伝った時、馬場康夫さんの車に乗ったことがあるが、車のダッシュボードに『ナショナル　ジオグラフィック』という雑誌が両面テープで貼り付けられていた。

バブル時代、恋人でもないのに送り迎えをしてくれる男の子は「アッシー君」と呼ばれた。アッシー君の他、恋人でもないのに食事をご馳走してくれる男の子を「メッシー君」プレゼントをくれる男の子を「ミツグ君」。バブル時代に生きた人でなくても、これらの呼称を耳にしたことがあるだろう。彼らは恋愛至上主義の時代を象徴する存在だった。

あの日もありふれた夜になるはずだった。白いシャツの襟を立ててグレーのパンタロンを穿き、renomaと書かれた茶色いポーチを小脇に抱えた、のちのイエスタディ君が白いソアラで鎌倉まで迎えに来て、イエスタディに行った。第三京浜の車内ではＡＯＲ（アダルト・オリエンテッド・ロック）がかかっていた。スティーリー・ダンとかボビー・コールドウエルとかルパート・ホルムズなど都会的でしゃれた男性ボーカルの歌の総称であるＡＯＲが日本特有のジャンルと知ったのは、レコードがＣＤに変わった頃だ。中途半端な洋楽かぶれだった私にはショックな事実だった。

話を環八沿いに戻そう。イエスタディでは、私はカンパリソーダかなんかを、のちのイエスタディ君はコカ・コーラを頼んだ。食べ物のメニューはドリアとかシーザーサラダなど。

彼は父親の経営する中小企業で働いていた。新車のソアラの購入代金もソアラを思い切り改造した資金も、父親が出したことを隠そうともしない。むしろ自慢していた。やたらと一流企業の会社員がもてはやされていたから、彼にはちょっとしたコンプレックスがあったかもしれない。会社員と違って自由になるお金が多いことを強調していた。

「ソアラはもう飽きちゃったから、買い換えようと思ってるんだ。でもさあ、一度こういう馬鹿っ速いの乗っちゃうと、次はもうポルシェしかないんだよねえ。それもなんかくやしい気がするし」

何がどうくやしいのかわからなかったけれど、適当な相槌を打った。話はそこそこ盛り上がり、この後、本牧でも行く？　という流れになった。

彼がお会計をして、私はいつものようにやる気のない口調で、長い髪をかき上げながらいった。

「ごちそうさまぁ」

すると、彼はこういったのだ。

「ええっと、じゃあ千円だけもらっておこうかな」

意味がわからなかった。髪をかき上げることも忘れて立ち尽くしていると、彼は再びいった。

「千円ね」

どうやら彼は、合計で一万円弱のうちの千円だけ私に負担するように、といっているようだ。なるほどなるほど。そう自分にいい聞かせる。なんとかバッグの底の財布を探し当て、千円札を彼に渡した。手が震えなくてよかった。割り勘ならまだ納得できるのだけれど。

その後、本牧に飲みに行って、鎌倉まで送ってもらったはずだけれど、衝撃のあまり記憶はところどころあやふやだ。アロハカフェの代金も高速の代金も請求はされず、イエスタディの千円だけを私は支払った。ちなみにETCなんて便利なものはまだなくて、高速に乗れば料金所の度に現金を渡さなければならず、ここでのスマートさも男の子たちの腕の見せ所だった。

今の感覚に照らし合わせてみれば信じがたいことだけれど、男女が待ち合わせたら、支払いは男性がするのが当たり前だった。デートというのは男性から誘うものであって、誘った方が代金を支払うというのが基本だったし、例外的に女性から声をかけたとしても男性が支払うケースがほとんどで、それが普通だったのだ。

私は、ガールズ・トークの場でその時の驚きをおもしろおかしく話してみせた。私と同じように調子に乗っている若くて派手なだけが取り柄の女の子たちだ。そのエピソードはみんなに衝撃を与え、彼には「イエスタディ君」というあだ名がついた。誰一人として彼本人には会ったことがないのに。それから、女の子に支払いをさせた男の子のことを仲間内でそう呼ぶようになった。

「ちょっと聞いてよ～。私もついに会っちゃったわよ。イエスタディ君に」

「うっそ～。最悪じゃん」

みたいにね。

最悪なのは私たちでした。

時は流れに流れ、平成の終わり頃。

『ＶＯＧＵＥ　ＪＡＰＡＮ』で八十年代の特集があり、当時のナイトシーンについて話を聞きたいという依頼があった。取材には最先端のモードに身を包んだはなやかでかわいらしい二十代の女性が現れた。

「キング＆クイーン」や「マハラジャ」、「ゴールド」や「トゥールズ・バー」の話をして、チーク・タイムを知らないという彼女にそれを説明した。昔話が楽しくて、後ろを向いて両手を交差して背中に回し、身体を横に揺らすという一人チーク芸まで披露してしまった。

二時間ほどの取材の最後、こう聞かれた。

「バブルの頃って男性に食事やお酒をご馳走になるのが当たり前だったというのは、本当なんですか」

「うん、本当です。それが常識でした」

彼女は言葉を選びながらこういった。

「失礼になったら申し訳ないのですが、それは働いている女性として恥ずかしいという意識はなかったのでしょうか」

思わず、言葉に詰まった。奢《おご》ってもらえないほうが恥ずかしかったという私たちの思い上がりを、どんなに言葉を重ねてもわかってもらえないだろう。だって、彼女の方がまともな感覚だから。

バブル時代は遠い御《お》伽噺《とぎばなし》だということを実感するのは、大げさな肩パッドがなくなったことでもスクエアビルが取り壊されたことでもなく、こういう会話だったりする。

六本木ＷＡＶＥ

あの時代について書くのなら、「六本木ＷＡＶＥ」に触れないわけにはいかない。１９８３年11月、六本木六丁目にオープンした音と映像のビルだ。地下一階には映画館「シネ・ヴィヴァン」があり、2～4階はレコード店、上階はレコーディングスタジオだった。レコード店はフロアごとに、日本のポップス（まだＪ－ＰＯＰなんていう呼び名はありませんでした）やロック、ワールドミュージック、クラシックやジャズとジャンル別になっていた。ワールドミュージックなんていうジャンルを設けた大規模なレコード店はＷＡＶＥが初めてだったのではないだろうか。

現在の六本木ヒルズのメトロハットの階段辺りにあった。

スマホの画面をタッチするだけで好きな音楽が流れる今、レコードやＣＤをどこで買うかにこだわるなんて意味がわからないかもしれない。でも、あの頃、イエスの「オーナー・オブ・ア・ロンリー・ハート」を買うにしても、近所のレコード屋さんで買うのと六本木ＷＡ

ＶＥで買うのでは気分の上がり方が違った。レコード一枚のためにお金を払うというより、ＷＡＶＥに行くという行為に価値があった。

ここにはいつでも最先端の音が並んでいた。音だけではなくて、音楽を通して新しいライフスタイルを知ることができた。たとえどこにでも売っているヒット曲の一枚を買いに行ったとしても、ＷＡＶＥではその一枚の横には必ず目利きの選んだものが置いてあって、自分の感覚をアップデートできるのだ。その中から次のヒットが出たりもする。空間自体がメディアの役割を果たしていた。私のようなミーハーのくせにいっぱしのツウぶりたい若者は、グレー地にそっけなく黒い文字で「ＷＡＶＥ」と書かれているショッピングバッグを手にするだけでセンスがよくなった気がした。

「シネ・ヴィヴァン」で最初に上映されたのがゴダール作品だったと書いたらこのビルの個性が伝わるだろうか。

経営&運営元はセゾングループ。セゾングループの総帥である堤清二は、いってみればスケールの大きな空間プロデューサーみたいな存在だった。彼は街という大きな空間に物語を描いた。ファッションビルという今では当たり前の形態を「パルコ」で始めたのもセゾンである。パルコのＣＭは資生堂のそれと並んで、常に時代の最先端をファッショナブルに映像化していた。

六本木もまた特別な個性を持った街だった。住みたいかと問われればノーだし、ランチに行くこともほとんどない。けれど、抗《あらが》えない魅力がある。夜になると輝き出した。

食事する店が六本木でなくても、六本木のどこかで待ち合わせるのはめずらしくはなかった。まずはこの街の空気を吸って夜を始めるのだ。デートでも会食でも仕事の打ち合わせでも。

麻布警察署並びの「青山ブックセンター」や六本木交差点の「誠志堂書店」といった本屋で落ち合ったり、「クローバー」で約束したり、待ち合わせ場所の指定にもその人の個性が表れる。街の外れだけれど、飯倉片町にあったポルシェのショールームを指定されたこともあった。車を直しに出すのでついでに、とのことだった。その人のポルシェは女の子と待ち合わせる度に故障していたに違いない。

ＷＡＶＥの一階には「レイン・ツリー」というカフェバーがあった。ここは定番中の定番で、忠犬ハチ公なんて目じゃないぐらいの待ち合わせスポット。知り合いに会う確率が最も高い場所なのに、みんなここで約束する。まあ仕方がない。隣の席で、来日したミュージシャンが談笑していたりするのだから。

あの日は午後6時半に「レイン・ツリー」という約束があった。私は5時過ぎにＷＡＶＥに行き、レコード売り場のフロアを各階見て回った。「ＷＡＶＥでマニアックなＣＤを探している私」に酔った。ワールドミュージックのコーナーでは、ＰＯＰに書かれた解説を内容の半分も理解できなかったけれど、何度も目で追った。隣に人の気配を感じて顔を向けると、見知った顔だった。

「あっ、あれ？　おう、久しぶり」

「うん……、どもども」

何度か食事をしたことのある男性だ。それなりに話は盛り上がって楽しかったけれど、結局そのままだった。彼との待ち合わせは「ジャック＆ベティ」が多かった。アメリカンダイナー風のカフェは明け方まで営業していて、夜中になると始発を待つ人がテーブルにうつぶせているのがお決まりの風景だった。そこで待ち合わせて、乃木坂の「テックス・メックス」や南青山の「ダイニズテーブル」に行ったっけ。

そんな相手と二年ぶりにＷＡＶＥの四階でばったり会って、当たり障りのない近況報告をしてその場を離れた。待ち合わせの時間になって、下りのエレベーターに乗った時、彼と一度だけキスしたことを思い出した。「東風」で食事した後、青山は骨董通りの「ギャラリー＆カンパニー」という風変わりなバーに行った。画廊が夜だけバーになる。そこでシャンパーニュをたくさん飲んで、骨董通りで軽くキスをしたはず。典型的な酔った勢いである。

そんなことを思い出し、ちょっとした恥ずかしさを感じながらレイン・ツリーに行った。

待ち合わせの相手はまだ来ておらず、私は一人で席について持っていた文庫本を開いた。スマホがなかった頃、待ち合わせの暇つぶしは文庫本かシステム手帳だった。少し離れた席に、またもや彼がいた。視線で挨拶をすると、向こうはストローを口にしたまま、ちょこっと首を下げた。

長い髪の女性が入ってきて、私の横をプワゾンの香りを撒き散らしながら通り過ぎ、彼の前に座った。ほとんど同時に私の待ち合わせの相手も入ってきて、私の前に腰を下ろした。会計もほぼ同じタイミングになった。私と私の待ち合わせの相手、彼と彼の待ち合わせの相手はまるで連れ立っているかのように一緒に店を出ることになってしまった。気まずい理由はないのだけれど、なんとなく居心地が悪かった。入れ違いにＹＭＯのメンバーの一人がレイン・ツリーに入っていった。

今でも六本木にいると、ついレイン・ツリーを探してしまうことがある。

アルファ・キュービック

バブル時代よりさらに昔、私が高校生の頃、世の中は第一次サーフィン・ブームだった。サーファーのファッションやライフスタイルがもてはやされた。

六本木には、海に入らないのにサーフボードを車にくくり付けている男の子がたくさんいた。女の子はみんな長い髪のサイドを強引に後ろになびかせ、青みがかったピンクの口紅、サンローランの19番を使っていた（まだグロスなんてものはありませんでした）。１９８０年前後のことである。

かぶれやすい私は、学生鞄にリップカールだのライトニングボルトだのサーフブランドのステッカーをべたべた貼って通学に使った。休日は渋谷のファッションビル「１０９」の地下で買った八枚はぎのスカートに「ボートハウス」のトレーナーというスタイル。頭にはカラフルなバンダナを巻いたりもして、一番おしゃれな街はロサンジェルスだと信じていた。

大学に入ると、ある日突然、サーファー・ファッションが子供っぽく思えた。理由はない。

健康的で明るいアメリカ西海岸的な感覚がダサく感じられたのだ。子供の頃からファッション雑誌を読みふけり、それなりにセンスを磨いてきたつもりだったのに、どうしてあんなに安っぽい格好をしていたんだろうと、この間までの自分が恥ずかしくなった。トレーナーもバンダナも赤いデイパックと一緒に段ボールに入れて、押入れの奥に仕舞い込んだ。

大学にはタイトスカートにヒールの高い靴を履いて通学した。バッグはレノマのバケツ型やルイ・ヴィトンのミニボストン。髪を腰の近くまでのばし、艶のあるワンレングスになるよう毎朝一時間かけてブローした。眉は太く描き、まぶたにはパールの入ったグレーのアイシャドウを塗った。

あの頃、「ケバい」という形容は褒め言葉として使われていた。「きれい」と「色っぽい」を掛け合わせた意味合いだろうか。かわいい子より美人より、大人っぽくてケバいタイプがモテた。若者全体が背伸びをしていた時代だった。

私たちが夢中になったのはアルファ・キュービック。国産のブランドだけれど、ヨーロッパの都会の香りがした。それもそのはず、ブランドを立ち上げた柴田良三さんは日本に初めてイヴ・サンローランを輸入した人である。

鎌倉に「ＦＵＴＡＢＡ」というブティックがあった。今で言うところのセレクトショップで、アルファ・キュービックやコム・デ・ギャルソンなどの日本ブランドから、アンヌ・マリー・ベレッタやエレウノ、アズディン・アライアなどの海外ブランドまでもが揃った。店長や時々店に顔を出すオーナー夫人は、当時のファッション・アイコン小林麻美さながらのかっこいい女性たちだった。

　母が時々ここで買い物をしていたが、サーファー・ファッションの頃は、地味だし高いし、ここで一着買うなら「１０９」で五着は買えるなあなんてセコい計算をしたりした。けれど、大学に入ったとたん、地味だと思っていたものが俄然おしゃれに見えた。「１０９」で五着買うのを我慢してでも、アルファ・キュービックが一着欲しいと思うようになった。

　表参道と飯倉にあったアルファ・キュービックの旗艦店はもっとも心が躍る場所だった。

　表参道のフロムファーストビルの店「ザ・ショップ・オブ・アルファ・キュービック」は、通り沿いの一階に入り口があり、そこから中二階にまでわたるゆったりとした作り。オリジナル・ブランドの他、フランスのイヴ・サンローランやレノマ、イタリアのラネロッシにプラダ、イギリスのマロノ・ブラニクなど多様な品揃えだったが、まるで一つのブランドの店のような統一感があった。友達と買い物した後、同じビル内のカフェ「フィガロ」でお茶をするのが黄金コース。買った服やバッグや靴について永遠におしゃべりが続けられた。「フィガロ」で待ち合わせて、買い物の後にまたお茶しに戻ることもあった。当時のお小遣いやバイト代のほとんどはフロムファーストビルで使っていた。

飯倉の「ザ・ハウス・オブ・アルファ・キュービック」は、アルファ・キュービックが経営するカフェも併設されていた。アンモナイトが埋め込まれた大理石のテーブルがあった。

表参道の店も飯倉の店も、買い物をするだけの空間ではなく、アルファ・キュービックというライフスタイルを「浴びに行く」という感覚だった。いろんなことを覚えたての私には、店に漂っている空気でさえ、吸うだけでセンスがよくなる気がした。

アルファ・キュービックのショッピングバッグは光沢のある白い長方形で、上の方に控えめな大きさで「ALPHA CUBIC」の黒いロゴが入っていた。大きすぎないロゴも、持ち手が紐ではなくバッグの一部がくりぬかれているのも、すべてがおしゃれに見えた。レノマのバケツ型バッグの代わりに、教科書やバインダーをこのショッピングバッグに入れて学校に行くこともあった。財布や口紅は、フロムファーストの店で買ったプラダのポーチ。この頃のプラダは、まだバッグと靴だけのブランドだった。

はじめてフロムファーストビルのアルファ・キュービックで買い物をしたのは大学一年の時だ。

私が通っていた玉川大学は緑が多い広大なキャンパスを持ち、キリスト教系列のため小高い丘にはチャペルもある。環境がよく、アットホームな雰囲気の学校だった。

　年末にはクリスマス礼拝・音楽祭という催しがあり、第九の合唱をするのが伝統だった。全学部の一年生が全員でドイツ語による「第九」を歌うのだ。何ヶ月も前から、通常の授業とは別に合唱の練習が単位として組み込まれ、出席しないと落第してしまう。ベートーベンと「第九」についても講義があり、カタカナでルビが振られたドイツ語の歌詞が配られ、ドイツ語の発音も教わる。ソプラノ、アルト、テノール、バスに割り振られて歌の練習をするのだが、生意気盛りの私は「こんなの、カタカナを読んでるだけじゃん」と心の中で毒づいた。授業の間は寝ているか、出席カードを提出してからこっそり教室を抜け出したりした。「第九」の舞台では白いブラウスと黒いスカートが義務付けられていた。練習はサボってばかりいたくせに、「せっかくの晴れ舞台だから」と母をフロムファーストに連れ出し、「第九」用のブラウスとスカートを買ってもらった。フリルのついた白いブラウスはイヴ・サンローラン、光沢があって張りのある生地の黒いスカートはラネロッシのものを選んだ。もう一枚、どうしても欲しくなったスカートもねだった。茶色のベースにピンクとブルーの細いリボンが交互に貼られた、手の込んだ巻きスカートである。シルク製だった。これで夏になるまで服は買わないという約束でそれも買ってもらった。あの時のわくわくした気持ちは、大人になってどんなものを買っても超えられていない。あれは自分の「好き」が形成されていく瞬間だった。

記念すべき美しい巻きスカートは今でも大切にとってあるのだけれど、身につけると布が足りずほとんどエプロンのようになってしまう。十九歳の私はこんなに細かったのかと落ち込む。

音楽祭の当日、黒とブルーのツートンになったシャルル・ジョルダンのパンプスを合わせ、いつもより濃いめにアイラインを引き、マスカラもたくさん塗って会場に向かった。級友たちもみんな、白いブラウスと黒いスカートだ。同じアイテムだと逆に個性が出ておもしろかった。トラッドで制服っぽいスタイルの子もいれば、着飾りすぎて演歌歌手のような子もいた。お互いのファッションを褒めあったり牽制しあったりしているうちにすっかり気が済んで、ほんのおまけのつもりで舞台に上がった。

客席は満員だった。オーケストラの演奏に合わせて、ドイツ語の合唱が始まる。力強い旋律がたくさんの声で何重にも重なる。ドイツ語の意味などわからなくても、じゅうぶん心を揺さぶられた。たどたどしく歌いながら、こんなことなら授業の時にちゃんと練習しておけばよかったと後悔した。級友たちの歌声に包まれ、この歌は本当に「歓びの歌」だということを実感した。最後のほうは感激で涙があふれて、重ね塗りしたマスカラがにじんでしまった。

「制服」という概念は窮屈であまりなじめないけれど、制服っぽいスタイルが好きなのは第九を歌ったこの日の影響かもしれない。

✦西麻布 ザ・ウォール

「ザ・ウォール」が西麻布の交差点の近くに、はなばなしく開業したのは１９９０年。後から考えればバブルの真っ最中だが、あの時はずっとお祭り騒ぎが続くと思っていた。

古代ローマをイメージさせるテラコッタ色の壁に、デコラティヴな鉄製の階段や柱が組み合わさった五階建て。豪華で凝った建物だが、決して成金趣味ではない。後から知ったことだが、建築を手がけたのはナイジェル・コーツ、プロデュースはシー・ユー・チェン。そりゃあインパクトが出ないわけがない（お二方がわからないという方はググってみてください）。

ビルの地下はディスコ「ＪＢアンダーグラウンド」、一階と二階は会員制クラブ「ＪＢ」、プラチナ会員の女性は飲み物食べ物すべて無料、もちろん入場料もなし。バブル時代の都市伝説「女性は財布にいっさい手をかけない」を地でいっている空間だった。最上階にはイタリアンレストラン「チブレオ」があった。

オープンと同時に会員になった私はなにかというとこの店を利用した。何しろ場所は西麻布。あの頃、とりあえずこの辺に行けば何かしら楽しいことが起こると思っていた。同じくプラチナ会員になった友人とはお茶をするノリでここに行った。「何しろ西麻布」の上に一切お金がかからない。プラチナ会員は誰か友人を連れて行っても、その友人が女性の場合は同じくオールフリーだった。

当時は得意がって友人と連れ立って行っていたけれど、私たちは釣りで言うところのルアーの役割だった。それもノーギャラの。派手めな女の子がうろついていれば、それ目当ての男性が高いお金を払って会員になり、店に来てお金を落とす。そういう経営元の考えはわかった上でシステムにのっかっていた。マハラジャでは観葉植物だった私たちが進化して、「ＪＢ」ではルアーとなったわけだ。ん？　進化なのか退化なのか、よくわからない。

経営元は六本木や渋谷、苗場などで「Ｊトリップバー」を展開していた三倶《みつとも》。キンキラ・ディスコ全盛の時代に日比野克彦のアートを取り入れ、人気となったりして、半歩先をいっているイメージがあった。

その頃の私は昼も夜も遊びまくって、遊び場で得たトレンド情報を雑誌で流布することを仕事にしていた。ディスコやクラブで夜通し遊ぶのも仕事のうち、と開き直っていた。

経営元の三倶に知り合いがいて会員にならないかと誘われた。入会の際、ポラロイド写真の撮影があった。声をかけてきたサカイさん（仮名）は、慣れた手つきでシャッターを押しながらいった。

「お友達でも、うちに合う子がいたら紹介して。会員になってもらいたいから」

その夜は友人がセッティングした新年会という名の会食があった。会場は千駄ヶ谷の「マニン」。内装を手がけたのはかのフィリップ・スタルクである。スタルクは、吾妻橋にあるアサヒビールの金色のオブジェでも知られている。

男性の一人と連れ立って来たのがミナ（仮名）だった。冬というのにこんがりと焼けていて、ソバージュの長い髪は茶色く、毛先は金髪に近かった。ノースリーブの真っ赤なニットにレザーのスカート、シルバーのバングル、足元は黒いエナメルの13センチヒールだった。

会食中、「三倶が西麻布にオープンさせた会員制クラブ」の話題になり、私が会員だというと、食事の後にそこに行こうとなった。改めて、私たちは忠実にルアーの役割を果たしていたなあと思う。

会員制クラブの壁は赤で、ミナ（仮名）のニットがすっかり溶け込んだ。私たちはテーブル席に陣取り、誰かがシャンパーニュのボトルを注文した。他のテーブルにはモデルっぽい女性のグループがいたり、売れっ子のタレントがいたりして、それを見た男性たちはこぞって入会を希望した。入会金の額は覚えていないけれど、そこそこしたはず。私が化粧室に立つと、ミナ（仮名）が付いてきた。化粧室を出る前に私にいった。

「私もここの会員になりたいんだけれど、紹介してくれない？」

もちろん彼女は高い金を支払って会員になりたいわけではなく、プラチナ会員になりたいわけだ。

「三倶に知り合いいるから頼んでおくね」

私たちは携帯電話の番号を交換した。何度も繰り返すが、当時まだ携帯電話は一部のブイブイいわせている人たち（会員制クラブのメンバーになりたがるような類の人々、との意です）だけのアイテムで、持っているもの同士で妙な連帯感が産まれたものだ。

化粧室から戻ったミナ（仮名）は、私に会員になりたいと頼んだことなどおくびにも出さず、男性たちが入会希望のシートにあれこれ書き込んだり、支配人に名刺を渡されたりする様子をにこやかにながめていた。

後日、私はサカイさん（仮名）に連絡をして、ミナ（仮名）と一緒に「ＪＢ」のラウンジで待ち合わせた。夜は何度も来ているのに昼間は初めてで、なんとなく落ち着かなかった。厚化粧を落とした人のすっぴんを見たような気分。

私の時と同じようにポラロイド写真を撮ってから、サカイさん（仮名）はいった。

「今、会員の希望が多くて手続きがいろいろ面倒なんですよ。また連絡しますね」

向かいの「キャンティ」に行き、キャラメル味の濃いプリンを食べながら、どうでもいいおしゃべりをした。彼女は今、恋人はいなくて、食事会で一緒だった男性とも恋愛関係ではないという。

「みんな彼氏未満って感じ。もっといろんな人と知り合いたいのよ」

大ヒットしている映画『ゴースト』のように魂レベルで愛しあえる人を探している、とのことだった。話しているうちに私より三歳年上で、もうすぐ三十歳だとわかった。

その後、サカイさん（仮名）からは一向に連絡がないので、私から電話を入れてみた。

「この間連れて行った友達の件、どうなっているかなあと思いまして」

「かわいい子、たくさん集まっちゃったから。もう会員証は出せません」

「えー、だって、友達紹介してくれって」

「悪いね」

仕方なく、私はミナ（仮名）に、今忙しいみたい、とかなんとか見え透いた言い訳を伝えた。電話口の彼女はあからさまに不満そうな口調になった。

「三倶の人と仲いいっていってたくせに。私六Ｊの常連なんだけど、それ伝えてくれた？」

あいまいな返事しかできなかった。

あの後、銀座の「M-カルロ」でばったり会った。会釈したのだけれど、無視されてしまった。

それからン十年の時が流れ、私は西麻布から車で五分ほどの「ウエスト」にいた。編集者との打ち合わせだった。途中で、隣に中年女性の集団が座った。彼女たちは楽しそうに夫の愚痴をいい合い、シュークリームをほおばった。小説のネタにならないかと聞き耳を立ててしまった。打ち合わせが終わって席を立とうとした時、その中の一人が声をかけてきた。私とはまったく縁のなさそうなおばさまがミナ（仮名）だと気がつくのに、ちょっと時間がかかった。結婚して、娘と息子がいて、トイプードルを飼っていて、姑の介護が大変だという。ほんの数分の間にこれだけの情報を伝達してきた。果たして彼女は魂レベルの人と出会ったのだろうか。あまりの勢いに聞きそびれてしまった。

「西麻布の交差点を中心にしかものを考えられない」

これはあるインタビューで私がいった言葉。つい口をついて出ただけなのだが、いろいろな人に引用されたり、からかわれたりした。それぐらいあの頃の私は西麻布成分でできていた。バブル崩壊のあおりを受け、三倶は倒産してしまったし、サカイさん（仮名）が亡くなったと風の便りに聞いた。そんな中、ウォールビルは取り壊されずにいる。今はすっかりオフィスビルだそうだが、あの前を通ると当時の無責任な喧騒が聞こえてくる気がする。

君の瞳に恋してる

初めてディスコに行った時から、ＤＪに憧れていた。かける音楽で一つの夜を仕切る彼らは、いってみればその夜の指揮者のような存在。今でこそ女性のＤＪも指揮者も活躍しているけれど、あの頃は皆無だった。

バブル時代を選曲で再現してみようと思う。もし私がＤＪだったら、という妄想にしばしお付き合いいただきたい。注・文面なのでＢＰＭは気にしていません。

スタートはディスコの象徴的存在アース・ウインド＆ファイアーのヒット曲からにしよう。ヒット曲がたくさんあるから迷いに迷うが「レッツ・グルーヴ」（１９８１）に決めた。でも「セプテンバー」（１９７８）も捨てがたい。あのイントロ聴いたらみんな浮き足立つだろうなあ。

テンプテーションズ「トリート・ハー・ライク・ア・レディー」（１９８４）、ヒートウェーヴ「ブギー・ナイツ」（１９７６）コンファンクション、「トゥー・タイト」（１９８０）

とＲ＆Ｂをつなげてみる。ホール＆オーツの「プライベート・アイズ」（１９８１）もかけよう。私はホール＆オーツの出現でブルー・アイド・ソウルという言葉を知った。

次はマドンナ。「ＶＯＧＵＥ」（１９９０）か「マテリアル・ガール」（１９８４）で迷いに迷って後者。でも、私が一番好きなマドンナは「ボーダーライン」（１９８３）だ。まだマドンナが単なる野心的な女の子でＭＴＶではレースのタンクトップに革ジャンを羽織り、仕事と恋に揺れる女の子を演じている。あの頃は彼女が巨大なセックス・シンボルになり、そしてＬＧＢＴのリーダーになるなんて思いもしなかった。

少し目先を変えて、ザ・ジェッツの「ロケット・２・Ｕ」（１９８５）。フィンガー５もジャクソンズもびっくりの８人兄弟で構成されたバンドだ。続いてガイの「グルーヴ・ミー」（１９８８）、ニュージャックスウィングという新しいＲ＆Ｂを世間に広めたグループ。Ｒ＆Ｂやソウルと言われる音楽のファッションがラメのスーツからパーカに脱皮し始めた時期だ。

少し早いけれど、ここら辺でイヴリン・トーマスの「ハイ・エナジー」（１９８４）をかける。当時、電子楽器を多用したこの曲は革新的だった。この曲を初めて聴いた時、「リズムしかない……」と衝撃を受け、マハラジャのフロアに立ち尽くした。メロディや歌詞を伝えるために音楽があるのではなく、電子楽器の性能を試すための音楽といったらいいだろうか。この曲のヒットによりハイエナジーという音楽ジャンルが確立され、それが発展したのがユーロビートである。ユーロビートがさらに大衆的になったものが昨今人気のＥＤＭ。

その流れなら、ＮＯＶＡトウェンティーワンの成田勝がカバーしたヒット曲がいい。同社は当時のマハラジャの経営母体（今は商標権を買い取った別の会社が経営しているそうですね）だった。成田氏はユーロビートの代表曲であるマイケル・フォーチュナティーの「ギブ・ミー・アップ」（１９８７）や「イン・トゥー・ザ・ナイト」（１９８６）をカバーして歌手デビュー、マハラジャ各店舗や青山キング&クィーンでかかりまくっていた。

勢いに乗った成田氏は人気歌番組「夜のヒットスタジオ」に出演、「イン・トゥー・ザ・ナイト」日本語版を披露する。その際のバックコーラスがすごかった。アン・ルイスと中森明菜、それにひらひら踊っているのがシンディー・ローパーである（念を押すけれど、ディスコの経営者のバックコーラスですよ）。成田氏はブロンザーで日焼け肌に仕上げ、まぶたにはパールの効いたアイシャドウを塗り、衣装はラメラメのスーツで肩パッドが厚く、ウエストが極端に絞られていた。歌う間は片手をポケットに突っ込んだまま。これぞ、バブル。今でもYouTubeでこの時の様子を見ることができるはず。

かつてディスコでは「チーク・タイム」があった。

フロアのクールダウンの時間だ。照明が落ちて、スローな曲がかかったら男女が二人一組になってゆっくり踊る。男性が女性の腰に手を回し、女性は男性の肩に手をかけ、頬を寄せ合うように身体を揺らす。恋人同士じゃなくてもね。

一晩に一、二回はチーク・タイムがあってボーイミーツガールの絶好の機会だった。チーク・ダンスに誘うのはまだ初心者で、慣れた男の子は一気に混み出すバー・カウンターを狙った。手際よく女の子の酒を注文してとってあげたりして、話しかける。湿度の高いフロアを見ながら「よくやるよ。僕は恥ずかしくって」とかなんとか。

チーク・タイムの定番はレイ・パーカーＪｒ.「ウーマン・ニーズ・ラブ」（１９８１）、ホイットニー・ヒューストン「グレイテスト・ラブオブ・オール」（１９８５）など、ソウルフルなねっとりしっとり系が多いけれど、10cc「アイム・ノット・イン・ラブ」（１９７５）などのＡＯＲも根強い人気だった。

チーク・タイム明けにはみんなが知っているヒットナンバーをひたすら繋げる。ジョディー・ワトリー擁するシャラマー「ア・ナイト・トゥー・リメンバー」（１９８２）、アベレージ・ホワイトバンド「レッツ・ゴー・ラウンド・アゲイン」（１９８０）、ドゥービー・ブラザース「ロング・トレイン・ランニン」（１９７３）、バナナラマの「ヴィーナス」（１９８６）。

そして最後はボーイズ・タウン・ギャングの「君の瞳に恋してる」（１９８２）。これしかない。軽薄さとせつなさが綱引きをしているような、当時のディスコを象徴する一曲だ。

実はこれ、フランキー・ヴァリのカバー。１９６７年発表の原曲はもう少しスローテンポの甘くやさしい歌で、それをディスコ・アレンジして大ヒットとなった。この歌の原題は「Can’t Take My Eyes Off You」。それを「君の瞳に恋してる」としたのは名訳である。「I love you」を「月がきれいですね」と訳した夏目漱石のようだ。

当時、ディスコで「君の瞳に恋している」がかかると自然発生的に輪になって回るという風習があった。誰彼なしに隣の人の肩に両手を置き大きな輪を作って、みんなでフロアをぐるぐる回る。今思い返すと気が触れていたのかと思うのだけれど、でも、あれが最高に楽しかった。

マハラジャではある時期、営業が終了する合図にユーミンの「とこしえにGoodNight（夜明けの色）」がかかっていた。私が明るくなったフロアに流したいのは須藤薫の「悲しき恋のマンデイ」（１９８３）。彼女の歌で最もメジャーなのは大瀧詠一作詞作曲の「あなただけI LOVE YOU」だけれど、私はひと夏の恋の終わりを描いたこれが一番好き。

無茶をした夏の恋人を／星たちがみんな見ていた
濡れた肩を寄せて／キスした砂浜
胸の中で鐘が鳴ってた

＊

わたしが見たのは／いつわりの夢だったの

＊

思い出だけが残って／すべて砂の中に／うずめてしまうわ

明るくなって客がいなくなったフロアには電話番号が書かれたコースターがいくつも落ちていて、その数字がところどころにじんでいて、マルボロの空箱なんかも落ちていて、もう楽しい週末も終わって、季節は夏ではなくなっている。

バブル時代って、ひと夏の恋みたい。

デセール・リリコ

ある会食の場で、同世代の男性に話しかけられた。

「デセール・リリコ、何度か食べに行きましたよ」

一瞬、何のことかわからなかった。バブル時代の私なら新種の口説き文句かと自惚れたかもしれない。それが何のことか思い出して、顔から火が出そうになった。

デセール・リリコというのは、その昔、私が考案したデザートの名称である。シャトー・ディケムのシャーベットの上に同じくシャトー・ディケムのゼリーがのっている、という、贅沢を通り越した暴挙、いや暴挙なんてかっこいいものでもなく、ひたすら思い上がった一品だった。値段は三千五百円也。ちょっとしたビストロならディナーのコースの値段だ。

シャトー・ディケムとは（ご存知とは思いますが）貴腐ワインの最高峰の銘柄で、もちろん値段も最高峰。例えば、２０１０年の７５０㎖なら約十万円はする代物である。グラスに注ぐとはなやかな香りがあふれ、口に含めば気高い甘さが染み込んでくる、そういうワイン。

液体は黄金色、ラベルの文字はそれ合わせた金色で、たたずまいからしてエレガントなのだ。

このワインを最初に見かけたのはワインショップ「エノテカ」である。今ではあちこちに店舗を持つ大きなインポーターだが、１９８９年の開業当初は広尾の店舗だけだった。程なくして、店舗の二階に「テロワール」というレストランも開業させた。階下のワインショップからワインを持ち込める画期的なシステムだった。レストランでワインを注文したら販売価格の倍から3倍は取られるのが普通だけれど、「テロワール」はどんなワインでも持ち込み料しかかからないのだ。

話はそれるけれど、日本人が赤ワインを日常的に嗜むようになったのはバブル時代より後のこと。ワインといったら白だった。日本酒に近いからだろうか。まだ自由が丘にも「キャンティ」があった頃、ミーハーな男の子との食事で、私が赤ワインを頼もうとしたら、「ええっ、女の子なのに赤なんて飲むんだ」と驚かれた。赤ワインは重くて高くてウンチクがいろいろありそうというイメージで、若者にはかなりハードルが高かった。そのミーハーな男の子も立派な中年になり、今では葉巻を嗜みブルゴーニュワインについて語り始めると止まらないと、風の便りで聞いた。

話を「テロワール」に戻そう。時々お節介な性分が顔を出し過ぎてしまう私はこの店がもっと世の中に知られたらいいのにと勝手に思っていた。じゅうぶん人気があったが、ここの大ファンだった私はそれでも納得していなかった。支配人の浅原さんに傍若無人な提案をした。

「他のレストランにはないような個性的な一品があれば、さらに人気になるんじゃないでしょうか。ワインショップがやっているレストランという利点を活かしましょうよ」

エラソーにそういったのだ。

「といいますと、例えばどんなものでしょうか」

「シャトー・ディケムを惜しげなく使っちゃうとか」

シャトー・ディケムをシャーベットにするという私の提案を浅原さんはおもしろがってくれた。シャーベットだけでなく、ゼリーにしてみようということになった。試作品を食べさせてもらった時、ついには器にまで口を出したりして、いよいよオン・メニューが決まった。

「ディケムをふんだんに使ってますから、いいお値段になってしまいますね」

冷静な浅原さんに、私はいい放った。

「いいんじゃないですか。高い方が話題になりますよ」

バブル時代ってこんな感覚だったのだ、ほとんどの物事が。私だけがバブリーだったわけではない。信じて！

私の名前をつけようといい出したのは浅原さんだった。間違っても自分でいい出したわけではないのだけれど、でも、まあ、辞退するどころか嬉々として賛同したわけだから自分でつけたのも同じ。こうして三千五百円也の「デセール・リリコ」が誕生した。

せっかくのディケムをゼリーやシャーベットにしてしまうことにも、デザートに自分の名前をつけることにも、恥ずかしいという感情を抱くことはまったくなかった。ここまでくるとバブルという特殊な時代のせいにばかりにはできない。私がバカ女でした。

知人友人を連れて何度も食べに行った。あの頃、まだ「ドヤ顔」なんて言葉はなかったけれど、まさしくドヤ顔をしてドヤな態度をとっていた。

しかし、デセール・リリコを注文する人はそんなにいなくて、口コミで話題になることもあんまりなかった。使う貴腐ワインはすぐにディケムではなく、普通のソーテルヌに変わった。そして、いつの間にかメニューから消えていた。

時は流れて、令和となった。あの頃、無理して買ったシャトー・ディケムはうちのセラーで眠ったまま。開け時を考えているうちに時間が経ってしまった。テロワールは２０１４年に閉店した。

支配人の浅原さんは独立され、世田谷でビストロを営んでいる。久しぶりに連絡をとったところ、意外な事実がわかった。

「シャトー・ディケムをシャーベットするとどんな味になるのか、◯テル・ドゥ・◯クニで断られたとかでうちに話を持ち込まれたんですよね」

私の記憶とはかなり違う。もう、穴があったら飛び込みたい。

✦中山競馬場のオグリキャップ

１９９０年12月23日、あの頃流行り始めたいい方をすればクリスマスのイブイブ、中山競馬場に第35回有馬記念を見にいった。大人気だった競走馬「オグリキャップ」の引退レースだ。

バブル時代、女の子をデートに誘うには話題になっているレストランを予約するなんてのは当たり前。マドンナの来日公演のアリーナ席とか、「ＡＤコロシアム」や「ギーガーバー」のレセプションパーティとか、いかに貴重なエンターテインメントの体験を提供できるかが重要であった。そりゃあいろんなコネのある電通の男性がモテていたわけだ（今は知らないけれど）。

調子に乗りまくっていた二十代の私はありきたりなレストランの誘いは鼻で笑っていた。

「西麻布の『さくら』の予約が取れたんだけど、行かない？」

「ああ、あそこ、先週行ったばっかり。大したことないよ。客層ももはやイマイチだし～」

みたいな会話を平気でするヤな女だった。しかし、当時の男子には、ハードルを上げれば上げるほど食いついてくる猛者たちが少なくはなかった。その手の男子は、こちらがつい誘いに乗りたくなるものめずらしいアクティビティを差し出してくるのがうまい。

当時アプローチをしてきていた男の子に、真夜中の長電話の途中で聞かれた。

「ねえ、馬って好き？」

「馬刺しのこと？」

「じゃなくて競馬の馬」

「全然。何にもわからない」

「でも、オグリキャップって名前は聞いたことあるでしょ？」

彼はオグリキャップがいかに愛すべき馬なのかを説き、けれど最近はすっかり衰えて勝てないレースが続いていて、ついに引退が決まったのだと教えてくれた。最後に出走するレースが12月23日にあるという。

「イブイブだしさ、みんなで行こうって盛り上がってるんだ。ほら、この間飲んだやつらと。一緒に行こうよ」

今となってはさっぱり理由がわからないのだが、その時は「競馬とクリスマス」がすてきな組み合わせのような気がした。まんまとね。落差があるものほど、「オッシャレー♡」だと思い込んでいた。おそらく、彼の競馬の知識も覚えたての付け焼き刃だったはず。男女数人で中山競馬場に行った。競馬場の周りはものすごい人だかりだった。ヤニ臭いおじさんたちが溜まっていると思っていたが、私たちのような若者のグループもそこここにいて、派手なファッションにロングヘアの前髪をたてた女性もちらほら見かけた。

建物は清潔で、ところどころにスケールの大きさを感じた。何もかも想像を裏切られた。場内に入るとものすごい人口密度で、私と彼は自然と手を繋いだ。そうしないとはぐれてしまいそうだったから。

コースでは馬がのんびり歩いていた。こんな狭いところでレースをするのかと驚いたら、パドックという、その日に走る馬が姿を見せに来るところだそう。ここで調子を見て予想をし、馬券を買う。知らないことだらけでおもしろかった。

馬券は自分で買った。

あの頃、デートの費用は男性が払うという暗黙の了解があった。今の感覚にしたらおかしいのだけれど、昔はそもそも女性が働いて稼ぐ場面が圧倒的に少なかったから、当時のスタンダードだった。競馬場の馬券売り場の前でも、何も考えず片方の手は男の子と繋いだまま、もう片方の手はポケットに突っ込んだまま。そんな私に彼がいった。

「あのさ、馬券を買ってあげたいんだけど、こればっかりは自分でお金を出した方が楽しいと思うよ」

「え？　そうなの？」

「うん。身銭じゃないと盛り上がんないんじゃないかな」

納得した私はポケットから手を出して、バッグの底にある財布を探した。単と複の説明を受け、パドックの様子をおさらいして、自分で選んで馬券を買った。一万円程度だけれどね。

馬券を握りしめながら、いよいよ本物のレース場に入った。とにかくものすごい人。乗車率120％の満員電車状態で、私は彼の手をほどき、馬券はポケットに突っ込み、両手でバッグを抱えた。そうしないとバッグの持ち手が引きちぎられそうだったのだ。バッグはルイ・ヴィトンの巾着型（これ、みーんな持ってましたよね）。女性が書類も入るようなトートバッグを持つのはもう少し先のことで、主流は巾着型だった。この馬券が当たったら、最近人気のMCMの巾着型を買おうかと目論んだ。

彼ははぐれないように、バッグを抱えた私を後ろから抱きつくような形で場所を確保してくれた。それでも人の波に飲まれて離れ離れになりそうだった。

歓声や叫び声がわんわんと響き、耳がおかしくなった。彼が耳元であれこれ解説してくれたけれど、怒号の中では何を言っているのかまったくわからなかった。気がつかないうちにレースが始まっていた。顔や身体の形が変わってしまうかと思うほどもみくちゃにされた。

無数の歓声が重なる。群衆の隙間から一瞬だけ何頭もの馬が駆け抜けていくのが見えた。その後、場内じゅうの人が気が触れたように叫んでいた。泣いている人もたくさんいた。私はバッグを確保するのに精一杯で、レースの結果なんて気にする余裕はなかった。どよめきはなかなか収まらない。彼もその友達も興奮して叫び続けていた。私は熱狂の瞬間に立ち会えた喜びを噛みしめた。何の瞬間だかさっぱりわかっていないのにね。

人が散り始めるまで、ずいぶんと時間がかかった。私たちもなんとかみんなとはぐれずに競馬場内のカフェテリアにたどり着いた。やっとまともに息が吸えた気がした。ほっとしたら勝敗が気になった。

「で、結局、どの馬が勝ったの？」

彼も彼の友達も唖然とした表情で私を見た。周りの見知らぬおじさんが数人、私をにらみつけた。

カフェテリアには何台ものモニターがあって、先ほどのレースの様子が映し出されていた。天才騎手・武豊が騎乗したオグリキャップは中盤まで中団の位置をキープしていたが、第4コーナーあたりで先頭集団に躍り出て、最終の直線で先頭へ上がると他を振り切り、奇跡的な逆転優勝を遂げた。今でも語り継がれる歴史的なレースである。

周囲からかなり遅れてそれを知った私は、一心不乱に走るオグリキャップの姿の美しさに思わず泣いてしまった。彼があきれた口調でいった。

「今頃になって、泣く？」

馬券はいくらにもならず、ＭＣＭのバッグは買えなかったし、彼とは恋人同士になることはなかった。競馬場に行ったのも馬券を買ったのもこの時だけで、単と複がどういうものだったかさっぱり忘れてしまったけれど、あの熱狂の瞬間の感触は今でも鮮やかに覚えている。

✦ベイブリッジとレインボーブリッジ

１９８９年９月27日の夜、都心から車で横浜方面に向かっていた。目的地は「横浜ベイサイドクラブ」。キャメオのライブがあった。

「横浜ベイサイドクラブ」はその二年前に新山下の倉庫街にできたディスコで、ダンスナンバーのヒット曲があるミュージシャンを海外から呼んでのライブが売りだった。私は車で出かけ、当時付き合っていた彼を千代田区の会社の近くでピックアップして、首都高速に乗った。その時に乗っていたのはカマロＺ28というアメリカ製のスポーツカーだった。色は白、屋根にはＴバールーフが付いていた。燃費は４㎞／ℓくらい。札束をばら撒きながら走っていたようなものといった人がいた。

キャメオはこれぞファンクという印象のバンドで、キラキラ度は低かったけれど、「ワード・アップ」をはじめ何曲かのヒットがあった。逆のいい方をすれば、ミーハーのくせにツウぶりたい私たちにはうってつけの存在であった。「キング＆クイーン」のフロアがアース・ウインド＆ファイアーやマイケル・フォーチュナティーで盛り上がると斜に構えて腕を組み、キャメオがかかると待ってましたという態度をとる。それなら「キング＆クイーン」なんかに行かないでソウル専門のバーにでも行けばいいのにね。中途半端にひねくれていたのだ。

　横浜羽田空港線を目指した。まだ湾岸線なんてものはなかったし、フジテレビはお台場ではなく河田町にあった。午後8時過ぎ、平日の夜だというのに渋滞していた。事故でもあったのだろうか。開演時間に間に合わないかもしれないといらいらした。

　数時間前、横浜ベイブリッジという新しい橋が開通していたことを私たちは知らなかった。朝刊は一通り見たけれど、ベイブリッジ開通のニュースは目に留まらなかった。標識に従って車を走らせていると、見知らぬ道路に出て、視界にはまばゆい夜景が広がった。紺色の海と港、港に停泊する船、そしてライトアップされた大きな橋。息をのんだ。車は橋に差し掛かると、海の上を横切った。橋の上からは、横浜じゅうのネオンが見渡せた。

　肝心のキャメオのライブのことはあまり覚えていない。ベイブリッジとそこからの夜景のインパクトが強過ぎた。いつまでたっても開放感にあふれた美しい夜景が頭から離れなかった。

　あの頃、若者にとって車はいろいろな意味を持っていた。みんな車にあれこれ期待して振り回されていた。車はファッション・アイテムであって移動手段でもあって、思想がないことも含めて自分の姿勢を表すものであって背景でもあって、そしてデートの場所でもあった。ドライブはデートの定番だった。

　レインボーブリッジが開通したのは1993年8月26日。

開通前から大きな話題だった。新しい時代の東京のシンボルのように受け止められた。

箱形の携帯電話に業界人の男性から電話がかかってきた。

「今日、新しい橋が開通するから有明までドライブに行かない？」

　ベイブリッジを一緒に渡った彼氏とはもう会わなくなっていた。

午後9時近くになって、彼はレンジローバーで迎えに来た。左側の助手席に乗り込んで、私はいった。

「やっぱりイギリス車なら右ハンドルのが様になるよね。外車ならなんでもかんでも左ハンドルっていうのダサいと思う」

　運転席の相手は苦笑いした。

「今、修理に出していて、これは代車なんだ。僕のは左ハンドル。イギリス車なのに左で悪かったね」

あの頃のチャラい若者はドライブしながら、こんな会話をしていた。
天現寺から高速に乗り、浜崎橋ジャンクションを左側の有明方面に進むと、奥にはライトアップされた新しい橋が現れた。もちろん渋滞。目と鼻の先の橋にたどり着くまで三十分近くかかった。橋の上の往来四車線は車でびっしりと埋まっていて、のろのろとしか進まない。オープンカーの幌をあけているカップル、窓を全開にして拳を突き上げる男の子のグループ、中にはクラッカーを鳴らしている人までいた。反対車線ではハザードをつけた車が二台とその横に二人の男性。一人はぺこぺこと頭を下げている。前方のセダンのリアは凹んでいて、後ろのＢＭＷのナンバープレートが軽く歪んでいる。追突事故だというのに、周囲の車からはいくつもからかいの歓声が飛んで、パーティのようだ。

新しくできた橋を開通したその日に渡る快感はスキーヤーもしくはスノーボーダーが積もり始めた新雪を滑るようなものだろうか、ちょっと違う気もするが、そういうことにしておこう。

１９９４年12月21日には鶴見つばさ橋が開通した。大黒埠頭と扇島を結ぶ橋だ。レインボーブリッジのように派手な話題にはならなかった。

私は一人で向かった。カマロはもう手放していて、中古で買ったアルファロメオのセダンだった。飯倉から首都高速に乗り、レインボーブリッジを通って、つばさ橋に行った。通過する車は少なかった。ベイブリッジの先の新山下で降りて、山下公園と中華街の辺りをドライブして、お茶も飲まずに帰ってきた。

少しだけ大人になった気がした。

プワゾン

モラルが欠落していたあの時代、女性への海外土産はみんな同じ銘柄の香水にしておくのがいいと豪語する男性に何人も会った。相手の女性の移り香が同じ方が安全だというのである。こういうことをうそぶくのがかっこいいとされていた。皆さん、今頃どんな天罰がくだっているだろうか。

あの時代を象徴する香りといったら、なんといっても「プワゾン」だ。

１９８５年にクリスチャン・ディオールが発表した、その名も「毒」という名前の香水。「濃厚」「官能的」と称される強い香りだった。翌年には日本とアメリカでも発売され、世界中で大流行。かつて高級娼婦が用いたというチュベローズという花が用いられている。プワゾンのあまりの個性に、ニューヨークでは「ノー・スモーキング、ノー・プワゾン」を掲げたレストランもあった。

あの独特の強い香りは、かつてない好景気が始まった東京の気分と合っていた。女性たちがそれまでの「良妻賢母」「大和撫子」という価値観から解放され始めた時期だ。口説かれる立場から口説く立場へ。現実はまだまだ追いつかなかったとしても、みんな強い女性像に憧れた。濃厚で印象的なプワゾンの香りはその気持ちを後押しする役目を果たしていた。分厚い肩パッドと並んで、武装のアイテムだったのだ。

　プワゾンをまとった女性が近づいてくると、むせるような香りが鼻をつく。通り過ぎてもなお、その場に香りが残る。東京で「香水の匂いをさせて寿司屋に来るのは非常識」という常識が流布したのはこの頃。プワゾンはたいていコツコツというハイヒールの足音とセットだった。キング&クイーンのフロアで、神宮外苑の「セラン」で、彼女たちは高らかな足音とともに辺りにプワゾンの香りを撒き散らした。パブロフの犬の如く、ハイヒールの音を聞いただけでこの香りが思い浮かんできたものだ。

　あの頃、私はラルフローレンの「ローレン」という香水を使っていた。女っぽいプワゾンは自分には似合わないと思った。ローレンにはプワゾンのようなセクシーさはなく、甘さとムスクっぽいスパイシーな香りが混在したわりとスポーティーな香りだった。えんじ色のボトルに金色のキャップというシンプルなデザインも気に入っていた。

　ローレンは日本では長らく未発売だった。海外土産で欲しいものを聞かれたら、必ずこれをリクエストしていた。「プワゾンじゃなくてローレン」は当時の私のアイデンティティだったから、切らすのが怖かった。「日本では買えないから、助かる～」なんてセリフをつけると頼みやすかった。男女にかかわらず、日本未発売のものを海外で買うという行為にエクスタシーを感じていた時代だ。

ある時、彼氏が海外出張に行くというのでローレンをねだった。帰国後、「ラ・ボエム」で落ち合った。ちゃんと二つ買ってきてくれたけれど、私は少し不安になった。冒頭のチャラい男性のエピソードを聞いたばかりだったから。

「ねえ、ローレン全部で何個買ったの？」

「え、なんでそんなこと聞くの？」

即答せず逆に質問されたことで、私の疑念は急にふくらんだ。

「単なる好奇心だけど」

「ええっと、まあ、四つかな」

かなってなんだ、かなって。

「他の二つは誰にあげたの？」

「おふくろと……」

昭和のお母さんがローレンなんて使うわけがないと思ったけれど、とりあえずはその言葉は仕舞い込んだ。

「もう一つは？」

「まだとってあるよ」

「なんで？　誰のために？」

「別にたいした目的はないよ。リリコがこれは日本では手に入らないっていうから、とりあえず買っといただけだよ」

　その後、さぐりあいのようなぎこちない会話が続いた。結局、もう一つのローレンが誰の手に渡ったのか確認できずじまいだった。まさか移り香にされていないでしょうね！

　そのローレンは結局、廃番になってしまった。それなりに人気があった香りなので、今でもヤフオクやメルカリで見かける。ついなつかしくなって四角いボトルのタイプを買ってしまった。3千円程度だったので、きちんと詳細を確認せずにポチッたら、届いたのはサンプル・サイズのミニミニボトルだった。金色のキャップを回してボトルを開けると、なつかしい香りが漂った。一気にあの時代の記憶がよみがえる。

　1993年に発売になったイヴ・サンローランの「シャンパーニュ」は、後々ボトルに価値が出た香水である。その名の通り、シャンパーニュのボトルのコルク部分を象ったデザインだ。しゃれたボトルとネーミング、完成されたフェミニンな香りでたちまち人気商品となった。ところが、フランス本国では「シャンパーニュ地方で作られる発泡のワイン以外はシャンパーニュと呼ばない」というルールがあり、裁判所から名称の使用禁止を言い渡されてしまう。しかし、このエピソードにうっとりした女子は少なくなかった。

3年後に「イヴレス」と名前を変更することになると、シャンパーニュとロゴの入ったボトルの価値がぐんと上がり、コレクターズ・アイテムとなった。私はシャンパーニュを目にする度に買っていたら、部屋が倉庫のようになってしまった。今は一つも残っていない。どこに消えたのだろうか。

東京いい店やれる店

かつてレインマンと呼ばれていた時期がある。ネットもスマホもなかった頃だ。映画『レインマン』は、自閉症で並外れた記憶力を持つ主人公をダスティン・ホフマンが演じて、第61回アカデミー賞の作品賞をとった。

私は流行りのレストランのオープン年月日と電話番号と席数をすべて暗記していた。頭の中であらゆるお店のオープン年月日が年表になっていて、いつでもそれを取り出せた。つくづく思うのだけれど、どうしてあのエネルギーと記憶力を受験勉強に活かせなかったのだろうか。

そんなレインマンに、親しい編集者を通じてホイチョイ・プロダクションズからお呼びがかかった。ホイチョイで画期的なレストランガイドを作っていて、その手伝いをして欲しいという。そう、１９９４年夏に刊行された『東京いい店やれる店』である。

ある金曜の夜、カマロZ28のハンドルを握り、迷いに迷って世田谷区羽根木にあるホイチョイの事務所に行った。まだカーナビなどという便利な道具は一般的ではなく、港区渋谷区千代田区を主な活動の場としていた私にとって世田谷区の住宅街はほとんど異国だった。

ホイチョイ・プロダクションズの馬場康夫さんは『私をスキーに連れてって』や『彼女が水着にきがえたら』などの映画監督として、さかのぼれば『見栄講座』の著者としても知られている。さぞかしおしゃれな事務所に違いないと期待していたが、当時は小さな平家で、室内にはそこここに資料や本が山積みで、ものにあふれて殺伐としたところだった。初対面の馬場さんは、当時の主流だったイタリア系のダブルブレステッドのスーツではなく、カチッとしたアメリカン・トラッドのブレザーにレジメンタル・タイを合わせていた。

馬場さんいわく、味は関係ない、レストランの価値は女性を口説けるかどうかの一点のみ。そんな視点に基づき、「やれるかやれないか」をミシュランのように星で評価するという。

いくつかの「やれる店」の候補に行ってレポートをするというのが私の任務だった。すでに二十軒近くのレストラン＆バーがリストアップしてあり、経費はいくら使ってもいいという。なんとおいしい仕事だろう！　もちろん私は快諾して、しばし雑談をした後、事務所を出ようとした。ドアに手をかけたところで、馬場さんがいった。

「あ、そうそう、締め切りは一週間後ですので、よろしくお願いします」

一番大切なことは最後にさり気なく伝える。コロンボ刑事のスタイルだ。

果たして私は一晩に二、三軒の店を回らなければならなくなった。二軒目や三軒目がバーならまだマシなのだけれど、一晩に三回、レストランに行かなければならない夜もあった。ミーハーな友達に付き合ってもらった。一軒目では単品でいくつかの皿を注文し、お客ウォッチングで盛り上がった。芸能人をはじめとした著名人が来ることでも知られたところだった。この日の夜は長いとわかってはいたけれど、店の雰囲気とシャンパーニュに酔って、つい普通に食べてしまった。

二軒目はできたばかりの日本料理のダイニング。有名料理人の名を冠している。和食だから軽いだろうとたかをくくっていたら、注文はコースのみだった。それもけっこうなボリュームである。さっきの店でちゃんと食べてしまった友達は、途中からまったく箸が進まなくなった。料理人に申し訳なく思ったが、開店直後の混乱のせいか、スタッフは私たちのことなんか気に留めていなくて安心した。これがいつもだったらサーヴィスが悪いだのホスピタリティが足りないだの何だの文句をいっていただろう。

ダイニングを出ると、友達はいった。

「もう水も入らない。悪いけど、ここで帰る」

私も同じ状態である。解散した後、アイロンのような携帯電話を使ってホイチョイに電話をかける。締め切りは翌日だった。弱音を吐く私に馬場さんはいった。

「じゃあ、次の店は何も食べなくていいから、ロケーション調査ですね。表通りから店までの小道でキス・ポイントがあるかどうかを確認してください。それと、内装。同窓会の会場を探してるんですけど、かなんかいって、店内も見てきてもらえます？」

　電話を切って、私は一人、店に向かった。腹ごなしと自分にいい聞かせ表通りと店を何度も行き来して、もしデートだったらと想像力を総動員した。私はキスを仕掛けられる側ではないのだろうかという疑問はない。そんな雑念を持っていたら、レインマンにはならないのだ。


　その頃、東京の夜の主役はディスコからクラブへ変わる時期だった。

ディスコとクラブは何がどう違うのか、令和となった今でも話題に上るテーマだが、当時、私はディスコとクラブの違いをこんなふうに定義していた。店内共通の貨幣がお札なのがディスコで小さなコインなのがクラブ、ドレスコードを設けているのがディスコいないのがクラブ、夕食に代わるぐらいのフードメニューがあるのがディスコないのがクラブ、ダンスフロアが仕切られているのがディスコいないのがクラブ。

青山近辺のクラブの地図を作るために、馬場さんと一緒に各店舗を回った。馬場さんは、みんなが着ていたアルマーニのコートではなく、紺色のダッフルコートを羽織っていた。
「ミックス」は２４６通り沿いの地下にあった。今のＡｏビルの辺りだ。あの頃のクラブはバブル時代のディスコをあざ笑うかのように、内装に金をかけないのがかっこいいという風潮だった。そっけない空間にミラーボールと音楽だけ、というような。かかる音楽のセンスと客層が店の個性の大きな要素となった。そうなると、エッジィなクラブができて感度の高いおしゃれな人が集まる↓噂を聞きつけて彼ら彼女らに憧れるミーハーな客が訪れる↓なんか流行っているらしいとダサい人々が押し寄せて店の雰囲気がぶち壊しになる↓感度の高い若者は別のクラブを探す、の繰り返しだった。「ミックス」はトガった人たちが競うように最新ファッションで集まっていた。そんな中でのダッフルコートはかなりのインパクトだった。馬場さんが店内に入った途端、若者が何人か散らばっていった。補導員が内偵に来たと勘違いしたのだと思う。

あの頃、マスコミの働き方は今の感覚でいえばブラック企業もいいところだった。「24時間戦えますか」というフレーズが流行るぐらいである。マスコミに限らないが、どれだけ睡眠をとっていないか、アポが山積みかを自慢しあったものだ。今ともっとも違うのは働いた分だけ賃金が支払られたこと。そして、やりがいというものに何より価値があるとみんなが信じていた。

『東京いい店やれる店』の刊行も差し迫ったある日、馬場さんから呼び出しがあった。その夜はデートの予定が入っていて、相手はまさに二十四時間戦っている働き盛りのビジネスマンだった。彼の海外出張が続いており、私たちが会うのは一ヶ月ぶり。そのことを馬場さんに伝えると、

「真夜中でも明け方でもいいから、デートが終わったら事務所に来てください」

朝までにディスコの年表を作って欲しいという。レインマン魂に火がついた。

久しぶりのデートを終え、羽根木のホイチョイ・プロダクションズに着いたのは、午前1時近くだった。灰色の顔をしてヨレヨレの格好をした人たちが黙々と机に向かっている。鎖骨が見える黄色のミューゼ ドゥ ウジのブラウスに黒いパンタロンといういでたちの私は、どっかのノベルティのポロシャツを渡された。前髪を輪ゴムで留め、ダッサいポロシャツを着て、机に向かう。パソコンなんて高級品は持っていないから、コピー用紙に定規で線を引いて年表を作った。眠いどころか、夜が深まるほど頭が冴えていった。

あれは午前3時頃だっただろうか。編集部で原稿を待っている編集者から電話が入り、馬場さんは激しくやり合った。「君は印刷所の犬か！」とかなんとかいっているので、恐らく

締め切りのことであろう。私は作業に熱中するふりをしながら、「アヴァンティ」の常連のごとく聞き耳をたててみた。

　私なりの意訳をすれば、担当編集ともあろう人が、少しでもいいものを作ろうというこちらの情熱より印刷所のスケジュールを大切にするのか、というのが馬場さんの主張だった。刊行予定の日付はとっくに過ぎていて、どう考えても無茶なことをいっているはずだが、馬場さんの言葉が正しいように聞こえた。ものづくりとはそういうことなのだと思った。

　ディスコの年表を作り終えたのはほとんど朝だった。机から顔を上げると、本やら資料やらが山積みになった殺伐とした空間が、どんなトレンディなオフィスよりかっこよく思えた。

　今の私は徹夜はできないし、編集者や印刷所にはへり下るし、締め切りには常に怯えている。だからこそ、あの明け方の馬場さんの言葉を時々思い出しているのだ。

✦ 笄櫻泉堂

もし時空を遡って一晩だけ昔に戻れるとしたら、アロワナが泳いでいたあのレストランで過ごしたい。地下に向かう長い階段を降りたところに池と水槽があって、水槽では高級熱帯魚が鱗を怪しげに輝かせながらゆったりと行き来していた。店の名を「笄《こうがい》櫻泉堂《おうせんどう》」という。安藤忠雄建築で、外観はコンクリートの打ちっぱなし。レストランになる前はアパレル関係者の個人宅だった。

店に看板はなく、インターフォンを鳴らすとウエイターが入り口まで迎えに来るというシステム。そもそもインターフォンの場所がわからなくて、レストランの強者でも迷う人が多かった。コンクリートの壁に囲まれたドアの施錠が開かれると長い階段があって、それを降りた先にはライトアップされた件の巨大な水槽が現れる。そこにはアロワナやアリゲーターガーが優雅に泳いでいるのだった。

「すごい店に連れてってあげる」

〝レストランじゃんけん〟のライバルからそう誘われて、ここを訪れた。確かに、すごい。ものすごい。趣味がいいとか悪いとか、バブルっぽいとかぽくないとか、そんな価値基準が吹き飛ぶほどのインパクトだった。

　最初に通されたウエイティングバーであっけに取られた。二階までの吹き抜けで、地下にいるのに屋外にでもいるかのような開放感なのだ。ここが個人宅だったとは。無機的なコンクリートで囲まれた空間に、官能的な曲線の赤い革のソファという落差も斬新だった。

　そこには青山通りでしか見かけないような人たちがたくさんいた。おしゃれだがファッション誌から抜け出したような派手さはなく、カジュアルでも高級感ばっちり。雑誌か何かのメディアで見かけたことがある気がするが、芸能人ではない。こんな空間でもテンションは低く気だるそうに会話をする、そういう人たち。彼ら彼女らが、ここもそろそろ飽きたなあとでもいいたげな態度でくつろいでいる。内心は驚いていた私も、がんばって退屈そうに振る舞った。笄櫻泉堂の経営元は笄兄弟社というアンティーク時計の輸入商だった。同社はフランク ミュラーを初めて日本に輸入した会社として知られていた。

　レストランスペースは上階にあった。地下の一つ上だから一階のはずだが、吹き抜けとどの階からも見える巨大な水槽のおかげで、今いる場所が何階なのかわかりにくく、それもまた非日常感の演出になっていた。

私はあちこちで「アロワナのいるすごい店に行った」と自慢しまくった。母にも得意げに語ったが、東京の流行りに興味のない母はピンときていないようだ。

「で、そこ何がおいしいの？」

そう聞かれて言葉につまった。アロワナとアリゲーターガーと客層の印象が強過ぎて、何を食べたのかまったく覚えていなかった。何料理だったのかさえ、わからない。料理について知りたがる母とは会話が噛み合わない。でも、あのインパクトのある店内を鎌倉でのんびり暮らしている母に見せてあげたかった。父も誘って行くことにした。

帝国ホテルのティーラウンジで待ち合わせた。鎌倉から出てきた母は張り切って、植田いつ子さんのアトリエで作ったワインレッドのスーツを着ている。私も両親と一緒の会食なので、自ずと保守的な格好になり、アルマーニのブラウス&パンツのセットアップだった。

向かうタクシーの中で、母がいった。

「アロワナを食べるレストランの名前、なんだっけ？」

「ちがうよー。もうお母さん、何にもわかってないんだから」

店に着き、長い階段の先のアロワナとアリゲーターガーが泳ぐ水槽には父も母も驚嘆の声を上げた。家族三人でウエイティングバーに案内される。相変わらず周りは、青山通りでしか見かけないタイプの人たちばかりで、親子三人連れは浮いていた。身につけているファッションも要因ではあるけれど、それだけではない。父と母という関係性がここでは異質に映るのだった。無邪気で未熟なお上りさんといったらいいだろうか。むき出しのコンクリートと一家団欒の相性はこの上なく悪かった。周りなんか気にせず楽しめばいいのに、あの頃の私はどこに行っても「上客」を目指していた。だから周囲から浮いているという事実が心に引っかかって、のびのびと食事を楽しめなかった。バカみたい……。

　デザートに供されたのはアイスクリームのバルサミコがけだった。当時の東京ではバルサミコという調味料自体がめずらしかったが、それをアイスクリームにかける楽しみ方があるのはこの店で知った。そして何より、

「百年もののバルサミコでございます」

　このフレーズにしびれた。私たち家族がここを訪れたのは二十世紀の終わりに近い頃。私の記憶が確かなら（って、このフレーズも当時流行りましたねえ）１９９９年である。百年前の日本といったら明治時代で、勝海舟が亡くなった年なのだ。そんな年に仕込まれたバルサミコをアイスクリームに惜しげもなくかけて味わった。案の定、アイスクリーム以外は何を食べたのかさっぱり覚えていない。アロワナにプラスされた記憶は化粧室がやたらと豪華だったことぐらいだ。

　帰りのタクシーの中で父はいった。

「料理を味わうのに、あんな熱帯魚を持ち出すのは大げさじゃないかなあ」

結局、私はそれきり「笄櫻泉堂」に行く機会はなかった。ちなみに、この建物は後にハイパーメディアクリエイター・高城剛氏の事務所になったそうだ。レストランの経営も引き継いだと聞いた。

その後レストランは閉店して、建物も取り壊された。父は亡くなった。

もう一度あの店に行くのなら、何をやっているのかよくわからないカタカナの職業の男性とご一緒して、空疎な言葉遊びでもしたいと思っている。

✦ 芝浦ＧＯＬＤ

あの頃のことを書こうとすると、どうしてもディスコの話が多くなってしまう。乱暴ない い方をすれば、不動産とディスコの時代だった。

ディスコ全盛の時期に「クラブ」を自称したのが芝浦の「ＧＯＬＤ」だった。あの時代を謳歌した人でなくても、名前ぐらいは聞いたことがあるだろう。芝浦の運河沿いの倉庫だった七階建の建物が一棟まるごと娯楽施設となった。開業はバブル真っ盛り、１９８９年の年末である。

一階はフロント、二階がバー、三、四階が吹き抜けになったメインのダンスフロア、五階がバー・ラウンジＬＯＶＥ＆ＳＥＸ、六階が会員制クラブＹＯＳＨＩＷＡＲＡ、七階がイベントスペースＵＲＡＳＨＩＭＡというスケールの大きなものだった。ニューヨークで人気だったクラブをヒントに作られたここのコンセプトは「本能のおもむくままに」。言葉通り、ここにはむき出しの本能が渦巻いていた。

ディスコとクラブの違いはいろいろと論じられるけれど、「音」「音楽」は大切な要素だ。あの頃のディスコはファンクやソウルミュージックからユーロビートに移行している時期。対してＧＯＬＤはハウスミュージックだった。メロディよりもリズムが重視されるそれは、新しもの好きの耳には斬新に響いた。

　音響システムにもこだわり、ニューヨークから最新のスピーカーシステムが輸入された。最大出力でかけていたら音の響きが大き過ぎて、運河を挟んだ反対側のマンションの窓ガラスが揺れ、苦情が来たと聞いたことがある。それからは出力を落とさざるを得なくなったそうだ。

　入場料は男性六千円、女性が五千円。入場にプリペイドカードが使われたのも東京で初めてだったはず。

　このクラブにはたくさんの才能が集結していた。ロゴマークを作ったのは、かのウォークマンのロゴを作ったデザイナー。ウォークマンはＳＯＮＹのポータブルオーディオプレーヤーで、傾きかけていたＳＯＮＹの経営危機を救った大ヒット商品である。スマホなんてない時代、「音楽を持ち歩く」という発想は画期的だった。ＧＯＬＤの一階はフロント横がギャラリースペースになっており、そのサポートには当時大学院生の村上隆が入っていた。ＹＯＵＴＨ　ＱＵＡＫＥというクラブファッションショーが行われ、まだ若手で無名だった丸山敬太がショーを行った。

オオバコなのに最先端で尖っている、それがＧＯＬＤの個性だった。

この建物を特別な存在にしていたのは会員制のＹＯＳＨＩＷＡＲＡだ。

みんな興味津々で、数々の噂が飛び交った。個室には東京湾を見渡せるジャクージがあるらしい。会員はそうそうたる企業のお偉方ばかりらしい。オープンの夜は京都からたくさんの舞妓を呼んだらしい。笑っちゃうぐらい、「らしい」ばかり。ジャック・ニコルソンが遊びに来たとかなんとか、有名人がらみの噂も絶えなかった。ミック・ジャガー、デヴィッド・ボウイ、リヴァー・フェニックス、Ｕ２、きらびやかな名前がまことしやかにささやかれた。人気絶頂時のボビー・ブラウンは、ボディガードを撒いて一人で来店したこともあるらしい。

しかし、ここは一切の取材お断り。会員はごく限られた人だけ。確認しようがないから、噂だけが尾ひれをつけてどんどん膨れていった。後々関係者に聞いたら、１９９０年、マドンナが来日した際にＬＯＶＥ＆ＳＥＸでバースデー・パーティーが開かれたのは本当とのこと。

最盛期には週末でなくても入り口には長蛇の例ができた。へんぴな芝浦であるというのに。といっても、順番が来たからといって店内に入れるわけではない。行列はさながら客のオーディション会場のようなもので、ドアの横に立つスタッフに認められなければ中には入れない。客の選別をするスタッフはニューヨークにならってドアビッチと呼ばれた。

　デザイナーのジャン・ポール・ゴルチエが並んでいたらしい。客にはファッション業界の人も多く、彼に気がついてドアビッチに教え、行列をすっ飛ばして彼を通したという。聞くところによると、かのユーミンも行列に並んでいて、あわてて案内したそうだ。ユーミンは並ぶことを楽しんでいた気がするけれど。

　しかし、もっとも強い顔パスは着飾ったゲイたちだった。ゲイカルチャーを東京でメジャーにしたのはＧＯＬＤである。東京で初めて完全招待制でゲイだけのパーティが開かれた。ゲイという言葉はこれをきっかけに世の中に流通し始めた。彼らがファッショナブルなことに気がついた敏感な女の子たちがこのパーティに入りたがって、後にミックス・ナイトが開催された。

　初めて行った時、そりゃあ緊張した。六本木あたりでは我が物顔で遊んでいるのに、もし入り口で断られたらかっこ悪いったらありゃしない。ディスコではちやほやされる「派手な若い女の子」という要素がここでは大した価値を持たないのだ。ヒエラルキーはファッショナブル・ゲイが上。あの頃の夜遊びはヒエラルキーとのじゃれ合いだった。冷ややかな表情のドアビッチに店内に通された時はほっとした。ダンスフロアの壁には人の熱気で結露ができていた。その上の階のＬＯＶＥ＆ＳＥＸのラブ・チェアでは激しく絡み合う男女が何組もいて、辺りには湿り気を帯びた空気が漂っていた。

しかし、バブルがはじけてから少しずつ状況は変わっていき、芝浦には前のように人が集まらなくなった。ＹＯＳＨＩＷＡＲＡは会員の紹介があれば誰でも利用できるようになって、だんだんカジュアルになっていった。私が初めて足を踏み入れたのはこのタイミングだった。もう「ＹＯＳＨＩＷＡＲＡのジャクージ」には、お湯は張られていなかった。

お湯の張られていないジャクージ越しに運河を眺めると、かつてのにぎやかさが心の中でよみがえった。なつかしさとさびしさが入り混じったあの感情をなんと呼んだらいいだろう。

東京の夜にさまざまな新しいスタイルや価値観を提供し、刺激を与え続けたＧＯＬＤは１９９５年にクローズドとなった。跡地にはマンションが建っている。芝浦にあの頃の危うい空気はもうない。

✦陸《おか》サーファーと関越自動車道

先日、友達とゴルフをした。私が打ったアプローチショットはなんとかグリーンに乗って、ホールから数メートルのところで止まった。私はなんの気なしにいってしまった。

「これ、ＯＫだよね」

友達が苦笑いしながら、いった。

「この距離でＯＫなんて、リリちゃんが今までどんな人たちとどんなふうに回ってたか、よーくわかるね」

ヤバっ、つい昔の癖が出た。その日はパターの度に、

「バブル時代ならＯＫなんだけど」

といって、からかわれ続けた。

あの頃のゴルフは恐ろしいことに、女の子の打ったボールはグリーンに乗ればほぼＯＫだったのである。もちろんこれは新興ゴルファーのローカル・ルール。由緒正しいゴルファー

はこんなことしていなかったはず。

あの頃、さまざまなスポーツがレジャーとして消費された。大学にはシーズンスポーツと称する同好会がたくさんあって、夏はサーフィンやスキューバダイビングなどのマリンスポーツ、冬はスキー（スノボはまだなかったもので）、春と秋はテニスやゴルフに熱中した。夜はディスコとカフェバー。大学は勉強をしに行くところではなく、友達と待ち合わせるところだった。そのつけが今来ていることは痛いほど実感している。もっと勉強しておけばよかった。

シリアスな話になるけれど、あるニュース番組で早稲田大学の女子学生のインタビューを見た。不況でバイトができなくなって大学院への進学を諦め、大学も中退することになったという。彼女は悲痛な声でいった。

「いつから勉学は贅沢品になってしまったんでしょうか」

私はその贅沢品をふんだんに与えてもらったのに、見向きもしなかった。その自戒も込めて、うかれた時代を記録している。遠い昔のあの時代を。

今では考えられないぐらいの男女格差もあった。

サーフィンは男の子がするものだった。女の子は彼氏が波に乗ったり巻かれたりするのを浜辺で膝を抱えて眺めているのが普通だった。冬は焚き火の横でブランケットに包まれたりしながらね。私の地元の鎌倉界隈では、よく見かける光景だった。寒そうだけれど、あの行為には一種のカタルシスもあっただろう。

私はどうしてもそちら側に馴染めなくて、無謀にも板を抱えて海に入っていき、案の定波に巻かれて潮水をたくさん飲んだこともあった。

六本木辺りでは、陸《おか》サーファーという種類の人に遭遇することが多かった。陸と書いて「おか」と読む（丘と書く人もいましたね）。サーフィンはしないのに、車の屋根にサーフボードをくくりつけ、スクエアビルの辺りをのろのろと流す男の子たちの総称である。でもって、「江ノ島までドライブ行かない？」とかなんとかナンパするのだ。

彼らのサーフボードは車から下ろされることは半永久的にない。ある陸サーファーのサーフボードは二年間まったく手付かずで、車を買い換える際にやっと下ろされると、板の真ん中にはくっきりとキャリーの跡が焼き付いていたという。彼は用意周到で、ウェットスーツの跡の見えるようにわざわざ半袖のTシャツを着て日焼けに勤しんでいた。それなら、サーフィンを始めてしまった方が手っ取り早いと思うのだが。

日に焼けた肌は若者にとってアピール・ポイントだった。

ゴルファーのアピールをしたい人は右手右腕を思い切り焼き、左側の手首から先だけを紫外線から死守した。オープンテラスでお茶をする時まで左手にグローブをしていた友人もいた。

ゴルフもまたサーフィンとは別の意味で男女格差の根強い分野だった。

名の知れたゴルフ場でも女性用の更衣室や風呂は狭かったり思いの外ボロかったりする。保守的な老舗のゴルフ倶楽部であればあるほどその傾向は強い。反対に、バブル期に新しく開業したゴルフ場はまるでカフェバーのようなロビー、プール並みのお風呂、レストランそのままのクラブハウスとメニューを備えていた。老舗の名前の響きをとるか居心地のよさを取るか。私のような見栄レジャー女子ゴルファーは揺れていた。正直いうと、ゴルフはスポーツというより、芝の上での社交パーティみたいな認識だった。

ゴルフを楽しむには「経験」や「知識」や「コネクション」、「経済力」が必要だった。それが独特なおじさんくささを醸し出していた気がする。ゴルフ場での若い女の子はたいてい添え物扱い。だからこそ、甘やかされる。

友人のケイコちゃん（仮名）はシングルプレーヤーの父親から仕込まれた本格的なゴルファーだった。私なんかとは違って、シャビーなお風呂にも文句はいわず、ランチはいつもカレーか蕎麦、間違っても自分から「ＯＫ？」なんて聞かない。スコアは常に90前後。ウエアはどちらかというと地味でダサい。でも、それがかっこよかった。そのうちあんなふうにダサいウエアがかっこよく見えるようになりたいと思っていた。

彼女のことをトサカみたいな前髪をした友人がいった。

「あんなに上手いと男の人が引いちゃうから、ダメよね」

トサカさんは男の人のためにわざわざ丸一日かけて棒切れを振り回しているのか？

ある時、軽井沢でのゴルフ旅行に誘われた。前日の午後に軽井沢入りして飲み会をして、翌日「軽井沢72」で回るというスケジュール。私は前日の夜には青山で会食があり、それが済んでから自分の車で向かうことになった。あの頃は、その日じゅうに到着できれば軽井沢だろうが神戸だろうが北海道だろうが約束するのがフツーの感覚。

１９９３年３月に関越自動車道が上信越自動車道とつながってからは苗場も軽井沢もぐっと身近になった。青山で会食をした後に足を延ばすのなんて、ほんの朝飯前という気分だった。夜ご飯の後でもね。

コテージのアドレスをメモる私に友人はいった。

「藤岡ジャンクションから信越乗って、碓氷軽井沢で降りればすぐだから」

ふんふんと返事をしながらも、頭の中はゴルフウエアのコーディネートのことでいっぱい。せっかくの軽井沢ゴルフだからはなやかなウエアを着たい気がするが、おしゃれすぎるのは下手っぽく見えるという葛藤に悩んでいた。

会食の終わり頃、私はいった。

「盛り上がってるとこに悪いんだけれど、これから軽井沢行くので失礼するね。明日、72でラウンドなんで」

記憶が定かではないけれど、もしかすると「失礼するね」ではなく「ドロンするね」といったかもしれない。みんなは快く送り出してくれた。

アルファ１６４に乗り込み、いざ軽井沢を目指す。

高井戸から首都高速に乗り、大泉ジャンクションで関越道の下りに乗った。小一時間ほど走ると藤岡ＪＣＴという看板が見えた。さらにアクセルを踏み、真っ直ぐ進んだ。夜も深いせいか、空いている。見慣れた道をぐんぐん進む。派手派手しいユーロビートに飽きて、カーラ・ボノフをかける。こっちのが軽井沢っぽい気がした。

走れど走れど、軽井沢っぽい標識はなかなか現れない。いや軽井沢っぽいとかではなく、なんの標識も出てこない。ちょっと不安になってくる。予定ではとっくに軽井沢に着いているはずなのに。

間違いに気がついたのは「月夜野」という標識が見えた時だった。

――これ、ゴルフじゃない、スキーじゃん！

見知った風景だと油断をしていたら、それはスキーに行く時の道だった。苗場の手前で引き返し、軽井沢に着いたのは夜中の２時近かった。翌日は、どんなに甘やかされて「Ｏ

Ｋ！」を出されても、スコアはひどいものだった。

レストランで常連になる方法

ネットがなかった頃、情報というのは足で稼ぐものだった。なーんて、昭和の新聞記者がいいそうなことを書いてしまった。でも、いい店新しい店の情報は、街を歩き回って仕入れなければなかなか手に入らなかったのは本当である。常連同士の何気ない会話やスタッフのぼやき、そういうところから情報を仕入れる。食べログもない時代、店側からすれば、雑誌とテレビの取材さえ受けなければ、「その他大勢」の客がずかずか入ってきて雰囲気をぶち壊されることもなかった。

「その他大勢」からちょっとでも抜け出したかった私は、いい店新しい店の情報を仕入れることにエネルギーのほとんどを使っていた。所轄刑事の聞き込みのごとく、そこらじゅうで聞き耳を立て、嗅ぎまわり、導かれるままに足で回った。新聞記者の次が刑事とは、硬派な職業に憧れとコンプレックスがあるのかもしれない（何しろ、元トレンド・ウォッチャーですからね……）。

そんな私から、効率よくいい店新しい店情報を聞き出しては利用していたのが、編集者の原田さん（仮名）だ。

「最近、どっかいいとこあった？」

定期的にそんな電話がかかってきた。２００１年、私が白金台のプラチナ通りに新しくオープンしたばかりの「レカイエ」について自慢げに語ったところ、翌日ランチをすることになった。

レカイエはワインの輸入商「エノテカ」が手掛けた魚介類専門のレストラン。南仏の魚市場をイメージした明るいインテリアだった。入ってすぐのところに氷を張った大きなケースがあって、さまざまな魚介類が並んでいる。通りに面した壁はガラス張り。晴れた日はたっぷりの陽光が降り注ぎ、気持ちのいい空間だ。

仕事の話もしたけれど、知人の噂になった。その人はいろんな事情が重なって、元恋人と元妻と現在の結婚相手と同じテーブルを囲む羽目になったという。その時の様子を、身振り手振りを交えながら、まるでその場にいたかのようにおもしろおかしく話してくれた。

「いいレストランってさ、そういう気まずい会食でも楽しい記憶に塗り替えちゃうようなとこ、あるよねえ」

すっかりレカイエが気に入ったようで、ランチが終わる頃に支配人を紹介して欲しいといわれた。原田さん（仮名）は名刺を差し出しながらいった。

「いやー、すばらしいですね。おいしいだけでなくて、居心地もいい。僕もそれなりにいろいろ行っていますが、最近の中でナンバーワンです」

支配人も名刺を差し出す。

「それはありがとうございます。まだオープンしたばかりですので、今後ともよろしくお願いいたします」

「早速、次の予約を取らせていただけますでしょうか」

「もちろんでございます。お日にちは？」

と、まあ、ここまではよくあるやりとり。

「ええっと、もし空いていましたら、今夜。三名なんですが」

「今夜？」

と、ついすっとんきょうな声を出してしまったのは私である。支配人はにこやかな表情を崩さずそれに応じた。

「今夜、三名様ですね。かしこまりました、原田様（仮名）。テーブルをお取りいたします」

店を出るなり、私はつぶやいた。

「昼と夜、同じお店に行くなんて……」

「これが効くんだよ」

なんでも原田さん（仮名）によれば、オープンしたての頃に続けて三回行けば、名前も顔もばっちり覚えられ、その次がたとえ一年後であろうと、「いつもありがとうございます」といわれる。そういわないような店には「行く価値がない」そうだ。一回目と二回目の間隔はあまり空かない方がいい、ましてや昼に行ってその日の夜なんて店側からしたら忘れようがない、とまくし立てられた。

「これが常連になるための近道ってわけ」

得意げにいった。

「昼夜同じもの食べてまで常連になりたいんですか？」

そう問うと、間髪いれずに返事がきた。

「もちろん！　そのために東京にいるといっても過言ではない」

私にはまだそこまでの覚悟はない。自分の中途半端さを反省した。

その日の夜、私は車で出かけていてレカイエの前を通ると、昼間とまったく同じ席で、同じ表情＆同じ身振り手振りで話す原田さん（仮名）がいた。自分の知人がいろんな事情が重なって、元恋人と元妻と現在の結婚相手と同じテーブルを囲む羽目になったことをおもしろおかしく話しているのだろう。いいレストランには気まずい会食でも楽しい記憶に塗り替えてしまう威力がある、とかなんとかいいながら。

原田さん（仮名）とは食べ歩きの話ばかりしていたわけではない。鎌倉のイタリアン・レストランでお会いした時、フィクションもいいけれど徹底的に取材をして事実を書くという経験をした方がいいとアドバイスを受けた。暑い夏の終わりだった。レモンチェッロを飲みながら、こんなことをいわれた。

「自分の中にあるものだけでまかなおうとすると、そのうち痩せちゃうよ。十取材して一を原稿にする、甘糟さんもそういうことをした方がいい。誰かこの人のことを徹底的に調べたいっていう対象はないの？」

私は反射的に尊敬している人の名前を口にした。尊敬の気持ちだけではなく、得体の知れないところがいつも不思議だったから。

「ホイチョイの馬場さん」

「なるほど。それは僕も読みたいし、原稿を受け取りたいけれど、馬場さんが許さないね」

馬場さんは作品ではなく自分自身が露出することを嫌う。ましてや私ごときに取材などされたくないだろう。あり得ないのは承知でいってみたのだ。その話はそれで途切れた。

店を出て、鎌倉駅西口で別れ際に原田さん（仮名）はいった。

「馬場さんの目の黒いうちは絶対無理だから、変な話だけれど、馬場さんがさ、そのう……、亡くなったら僕と甘糟さんで馬場さんの本を作ろう」

しかし、原田さん（仮名）はその二週間後、出張先の香港で倒れて入院され、意識が戻らないまま亡くなられた。

本来なら香港で倒れた翌日は、帰京して渋谷のレストランで会食があったそうだ。紹介制のその店の予約を取ったのは原田さん（仮名）で、集まるはずの誰もが店の住所しか知らされておらず、キャンセルしようにもネットでいくら調べても電話番号がわからなかった。仕方なく、原田さん（仮名）抜きで集まったと後から聞いた。

このレストランにも立て続けに通ったに違いない。

✦ボジョレー・ヌーボーと日本人

その昔、たいていの日本人は赤より白を好んだ。ワインの話である。食事に誘われて、グラスの赤を頼もうもんなら、かなり驚かれた。今の若い方には意味がわからないだろう。赤ワイン＝マニアック、強い（アルコール度数ではなくて味がね）、高いというイメージだった。そんなお酒をか弱き女の子が堂々と頼むとは度胸があるというか常識はずれというか、といった意味合いだ。

そんな風向きが変わったのは〝ボジョレー・ヌーボー〟という風習が現れてからである。そう、フランスはボジョレー地区でガメイというブドウ品種でつくられる赤ワイン。フランスワインは年数を重ねて味わいが深くなるものが多いけれど、これはフレッシュなうちに味わうことができるのだ。ヌーボーとはフランス語で新しいという意味。瓶詰めされた年にヌーボーを開けるのはお祭りのようなものなんだとか。

ボジョレー・ヌーボーは毎年それぞれの国の11月の第三木曜の午前零時に解禁と決まって

いる。日付変更線の関係で、日本はどこよりも早く解禁される。本場フランスより八時間も早い。バブルも真っ盛りの頃、ワイン関係者がそこに目をつけ、マスコミを巻き込んで日本でこれを仕掛けた。本場を抑えて世界で初という事実がとんでもなく価値があることに思えた。

　あれは１９８８年のこと。「ボジョレー・ヌーボーを飲む会」に誘われた。会場は青山にあったレストランで、スタートは午後十一時。ビールやカクテルを楽しんで午前零時を待ち、日付が変わったらみんなでほやほやのボジョレー・ヌーボーを飲むという催しである。ボジョレー・ヌーボーなんていう単語は誘われた時に初めて聞いたのだが、私は知ったかぶりをして、「お、いいねー」とかなんとかいって参加の返事をした。まだ日本にはハロウィンのハの字もなく、私たちは海外のイベントになんの免疫力も持っていなかった。

　縁取りのあるダナ・キャランの黒いジャケットとパンツに臙脂《えんじ》色のタイツを合わせていった。バッグはシルバーの小さなクラッチ。自分なりの精一杯のフォーマルだ。一緒に行った友人はパープルのワンピース。男性たちはみんなスーツにネクタイ、中にはタキシードの人もいた。立食スタイルで、つまみに振る舞われたのはチーズやカナッペなどの軽いものだった。一角のテーブルにはずらりと何十本もの赤ワインのボトル。それを横目に見ながら、そわそわとカンパリソーダを飲んだ。

午前零時になると、タキシードを着た支配人がうやうやしくヌーボーのボトルの栓を抜き、ウエイターたちが手早くグラスに注いで場内の客に配った。全員に行き渡るとみんなでグラスを上け、フランス風に乾杯をした。

「チンチン！」

フランス語で乾杯のことをチンチンというのもこの時に知った。最初は恥ずかしかったけれど、本場のフランス人より早く「貴重な」ワインを味わっていることに酔いしれ、次第に気にならなくなって、私は一晩で数えきれないほど、チンチン！　といった。

なんておいしいワインなんだろう。やっぱり本場は違うわ。そんなことを思った。なんなら、ヌーボーって新鮮とも感じた気がする。んなわけないのに。私の味覚なんてその程度だ。シチュエーションや情報で思いっきり左右される。

ドレスアップした男女が赤い液体の入ったグラスをぶつけ合い、ワインのウンチクを語り、合間に口説き、またグラスを重ねる。その繰り返し。ニューイヤーのカウントダウン並みの盛り上がりだった。

ボジョレー・ヌーボーはすっかり日本の季節の催しになった。さらに早く味わうために成田空港に駆けつける強者もいたりするらしい。ボジョレー・ヌーボーの消費量の約半分が日本であるという。

ボジョレー・ヌーボーがきっかけになって私たち日本人は赤ワインを身近に感じられるようになった。バブル時代というと高いワインをがんがん開けていたように思われるけれど、銘柄ものの赤ワインが世の中のあちこちを行き来し始めたのは、バブルが弾けてから。ドンペリなんていう呼び方が一般的になったのも同様だ。

私は広尾にあったワインショップに通い始め、付け焼き刃の知識を貯めていった。といいたいところだけれど、覚えたてのワインの味はおいしくてついつい飲み過ぎ、聞いたはずの知識も翌日にはきれいさっぱり忘れてしまうという体たらくだった。ワイン関連の本も読み漁った。中でも好きなのは『ワイン通が嫌われる理由《わけ》』で、その本には「ワイン通とは一種の閉鎖的な社交倶楽部のようなもの」とあった。私も世の中から嫌われるような存在になってみたいと憧れた。

ワインワインとわめいていたら、ものすごい幸運が訪れた。ジャンフランコ・フェレがワインのボトルをデザインして、そのＰＲに来日するので、インタビューをしないかという仕事の依頼がきたのだ。イタリアはトスカーナの名門ワイナリー・フレスコバルディ社の記念ボトルである。フレスコバルディといったら、ロバート・モンダヴィとコラボレーションした「ＬＵＣＥ」で知られていた。あの太陽が描かれたラベルを見ただけで気分が上がる人もたくさんいるだろう。

フレスコバルディが２０００年を記念して、とっておきのヴィンテージのぶどうでマグナムボトルをつくることになって、ジャンフランコ・フェレがラベルのデザインを担当した。ラベルは、フレスコバルディの「Ｆ」とジャンフランコの「Ｆ」、二つの「Ｆ」が入ったはなやかなものだった。

当日は昼間にインタビューをして、その夜はお披露目のパーティがあった。会場は南麻布の「米荘閣」。米荘閣とは西武鉄道の創業者である堤康次郎の自宅跡に、セゾングループの堤清二が１９９０年に建てた宴会用の広大な屋敷。「セゾングループの迎賓館」と呼ばれ、さまざまなパーティや式典が行われていた。

招待状が届くと、ドレスコード「フォーマル」とあった。何をどう着たらいいのかもわからず困っていると、ジャンフランコ・フェレの広報から衣装を貸し出すと連絡があり、プレスルームに試着に出かけた。まばゆいロングドレスがたくさん用意されていたけれど、みんなモデルのファッション・シューティング用。身長１６３センチの私が着ると、どれも丈が長くて引きずってしまう。丈詰めには何日間かかかるそうで、パーティーに間に合わない。一着だけ私でも引きずらずにすむ黒いロングドレスがあったので、それをお借りした。背中がぱっくり割れた大胆なものだ。

当日、インタビューの後に美容院で髪をアップにしてロングドレスで米荘閣に行った。その後、ある編集者に「すんごい格好してワインのパーティーに行ったんだって？」とからかわれてしまった。

この夜の乾杯は「チンチン！」ではなく、「乾杯！」だった。

米荘閣はセゾングループの崩壊に伴い、２００１年に大手商社に60億円で売却された。取り壊され、跡地には超高級マンションが建った。ジャンフランコ・フェレ氏は２００７年に六十二歳の若さ亡くなっている。

✦『an・an』と『JJ』

バブルよりさらに昔の１９７０年代、ニュートラというファッションが流行った。

制服のようなスタイルで、例えばボックスプリーツのスカートに柄物のブラウス、胸元には大ぶりのスカーフとか、ニットのパンタロンにポロシャツ、ウェッジソールの靴とか、決まり切ったアイテムを何通りかに組み合わせ、仕上げにデコラティヴなアクセサリーをつける。発祥は神戸で主に関西で流行った。

関東でも同じく制服テイストのファッションが流行ったが、関西とはいろいろな違いがあった。横浜発祥のそれはハマトラと呼ばれた。ハマトラはあっさりめのカジュアルなスタイルで、アイテムの限定だけでなく、フクゾーのトレーナー、ミハマのカッターシューズ、キタムラのバッグなどショップまで限定された。

ニュートラというと雑誌『JJ』の専売特許だったが、このスタイルを発見し、名前をつけて最初に特集したのは『ａｎ・ａｎ』だった。『ａｎ・ａｎ』は１９７５年1月20日号で

「いま話題のニュー・トラって何？」という特集をしている。『JJ』に初めてニュートラという言葉が登場したのは１９７６年６月号なのだ。もはやこの意外さをわかってもらうのはむずかしいかもしれない。『JJ』は不定期刊行になってしまったし、『ａｎ・ａｎ』はファッションより芸能にページをさくようになって久しい。さらにいえば、『ａｎ・ａｎ』がフランスのファッション誌『ＥＬＬＥ』の日本版として創刊されたことなど、読者は覚えてはないだろう。

私の父は生前、『ａｎ・ａｎ』の版元であるマガジンハウス（１９８２年までの社名は平凡出版）に勤めていて、当時は『ａｎ・ａｎ』の編集者だった。父に聞いたところによると、読者からの反響は大きかったがスタイリストやライターなどスタッフの女性たちがあまり乗り気ではなく、それきりになった。すると、『女性自身』の別冊として創刊した『JJ』が大々的に取り上げて話題となったそうだ。

勝手な憶測だが、『ａｎ・ａｎ』の編集部に出入りしていた女性たちは、制服のようであまりクリエイティヴではないスタイルをおしゃれには思えなかったのではないだろうか。ニュートラやハマトラは「男ウケ」を前提としたファッションだったから、抵抗を感じたのかもしれない。

何を着て何を身につけるかはちょっとした好き嫌いではなくて、その人の生きていく姿勢のようなものを現していた。少なくとも女性にとってはそうだったと思う。雑誌はそれを導き、形作っていく役割をしていた。単なる情報のパッケージではなかった。

あの頃の『ａｎ・ａｎ』は自分の足で立ち、自分の力量で生きていきたい女性のための道しるべ、あの頃の『JJ』は自分の女性としての価値を高め、それで人生を作成していく女性の道しるべであった。どちらがいい悪いではなく、それぞれの生き方だ。男女雇用機会均等法が施行されたのはずっと後の１９８６年度のことである。

『ａｎ・ａｎ』創刊のすぐ後に『ｎｏｎ-ｎｏ』が創刊され、七十年代その二誌は国内の小旅行の特集を繰り返した。軽井沢、北海道、京都、鎌倉もしくは東京の下町といった場所がピックアップされた。まだ女性だけで旅行することがめずらしかった時代で、『ａｎ・ａｎ』と『ｎｏｎ-ｎｏ』の特集で旅行ブームが起きた。雑誌を片手に観光地を闊歩する女性たちは「アンノン族」と呼ばれた。

『JJ』がニュートラの流行とともに人気雑誌となり、後を追うように１９８２年に『ＣａｎＣａｍ』が、１９８３年に『ＶｉＶｉ』が創刊。それらは「赤文字系」と称され、保守的なファッションひいてはライフスタイルの代名詞となった。「男ウケ」が女性の能動的な行動として肯定された証といえるかもしれない。『ａｎ・ａｎ』は89年に「セックスで、きれいになる」という特集で話題になった。

バブル真っ盛りの１９８８年、『Ｈａｎａｋｏ』が創刊した時のキャッチコピーは「キャリアとケッコンだけじゃ、いや。」である。やりがいのある仕事もしたいし、理想の結婚もしたいけれど、そのためにおいしいものを食べたり話題のスポットに行く楽しみをあきらめたりなんかしない、というわけ。表紙はオーストラリアのデザイナーであるケン・ドーンが手がけた。カラフルでポップな表紙はあの時代を体現している。

先ほど書いたように父がマガジンハウスに勤めていたので、物心つく頃から家には『ａｎ・ａｎ』があった。エスカルゴのスカートもバンダナもルイ・ヴィトンのバッグもすべて『ａｎ・ａｎ』で知った。学校の教科書の何百倍も熱心にいろいろな雑誌を読み漁り、さまざまな物事を教わった。

小学生四年生の時、『ａｎ・ａｎ』で「W64以上のゆたかな体型がかっこいい」という特集があった。これにはちょっとしたカルチャーショックを受けた。誌面には何人ものモデルの身長や体重やウエストが明記されていて、確かに彼女たちのウエストは64センチ以上だった。そんなモデルたちがおしゃれな服をはつらつと着こなしている。私は子供の頃は痩せっぽちの方だったけれど、女の人はいろいろな体型の人がいて、それぞれにおしゃれなのだと感じた。１９７４年のこと。読売ジャイアンツの長嶋茂雄が引退して、『ノストラダムスの大予言』がベストセラーになった年である。

女性誌は今でいう「自己肯定感」を後押しするのが役割だったのかもしれない。

あの頃の男の子たちの道しるべといったら、なんといっても『ＰＯＰＥＹＥ』だろう。１９７６年に創刊された同誌には「Magazine for City Boys」とサブタイトルがつけられていた。

創刊号はカリフォルニア特集。戦後の高度経済成長期が終わった日本にはアメリカ西海岸の開放的な空気と文化がどれだけまぶしかったことか。スマホもネットもない、あの時代、飛び切りの情報を運んできてくれたのは雑誌だった。

サーフィンやテニス、スキーの醍醐味、タキシードの着こなし、レストランでの立ち振る舞い、デートの誘い方などなど、男の子たちはみんな『ＰＯＰＥＹＥ』に教えてもらっていたはず。読者はポパイ少年なんて呼ばれたりもした。

男の子だけではない、女の子だって『ＰＯＰＥＹＥ』で学んだ。

今でも忘れられないのはラコステのポロシャツの記事だ。

ラコステのポロシャツには輸入ものと日本で生産されたライセンスもの以外に並行輸入ものがあること、さらにはアメリカのアイゾッドという会社がフランス本社からワニ印を使う許可を得て生産されているものがあるということが細かく、わかりやすく述べられていた。

アイゾッドのものは前身頃より後ろ身頃の方が長く、同じ色でも袖や襟などが違う三種類のタイプがある、なんてことも。一見同じように見える「ワニマークのポロ」でも、細部はこんなに違うのかと驚いた記憶がある。同じような白いポロシャツを何枚も買って、母に訝しがられたりもした。

『ＰＯＰＥＹＥ』にはこだわることのルールと楽しさを教えてもらった。

✦ヤンエグどもが、夢の跡

通称「水エム」とは「水曜日のM－カルロ」の略である。

「M－カルロ」は銀座のど真ん中にあったディスコ。水曜日の夜は、流行りの曲ではなくディスコが一番輝いていた七十年～八十年代のダンスナンバーだけがかかる。例えば、KC＆ザ・サンシャインバンドの「ザッツ・ザ・ウェイ」とかヒートウェーヴの「ブギー・ナイツ」とかチャカ・カーンの「アイ・フィール・フォー・ユー」とか、あげたらきりがない。

水エムに集まっていたのが通称「ヤンエグ」たちだった。ヤング・エグゼクティヴの略である。あの頃の流行語で断トツに恥ずかしいのはこれではないだろうか。有名企業に勤める二十代～三十代前半くらいまでの男性を指した。女性はいくら能力があっても努力をしても、企業という組織の中ではエグゼクティヴなんていう地位にたどり着けなかった。

まだ合コンというシステムは一般的ではなく、もちろんマッチングアプリなんてものはないので、ディスコは出会いの場として大いに活用されていた。ディスコで出会い、付き合って結婚した際には、結婚式で馴れ初めを「友人の紹介」とされるのが常であった。
客室乗務員（当時はスチュワーデスを略した「スッチー」もしくは「ワーデス」と呼ばれていましたね）をしていた友人のユカ（仮名）もそのコースを目指した。彼女には彼女なりの人生設計があった。目先のあぶく銭を持っている青年実業家（今でいうところの起業家でしょうか）や楽しいイベントに連れて行ってってくれるマスコミ系業界人とのあやふやな恋愛は、若いうちに多少はたしなんでおく。それは後々〝思い出〟として必要だから。しかし、人生を預けるのは地に足のついた会社員を望んでいた。それもれっきとした企業の「ヤンエグ」。それが理想だった。彼女はそうした明確な目的意識を持って、水エムや「キング＆クイーン」に通っていた。ディスコ通いも婚活だったのだ。

ユカ（仮名）は思惑通り、三歳年上のヤンエグと知り合い、何度かデートをするようになる。あまりにも描いた筋書き通りになって驚いたけれど、まあ、手に入りそうな筋書きしか描かなかったともいえる。

「背が高くてかっこいいの。それにね、やさしいんだ。レストランでは必ず椅子を引いてくれるし」

レストランで椅子を引いてくれることもやさしさの一つといえば一つだけれど、彼女が惹かれているのは彼の名刺に印刷された会社名によるところが大きかった。世の中、結婚には

「三高」の男性がよしとされていた時代である。身長、収入、学歴の三つが高い男性のことだ。

そのヤンエグ氏、いや何度もヤンエグと書くのは恥ずかしいので、マモル（仮名）としておく。マモル（仮名）は天下の山一證券に勤務していた。山一は、野村、大和、日興と並んで四大証券と称されていた。

ユカ（仮名）は張り切った。デートを重ねて恋人の座を手に入れると、今度は周りを固め始めた。彼の友人と自分の友人を引き合わせるのである。私が会食に行った時には出会いが「たまたま友達に誘われた水エムでたまたまドリンクを取り違えて会話が始まった」というエピソードにすり替わっていた。ほとんど毎週行っていなかったっけ？

「来週も水エム、行くよね？」

気がきかない私がそういったら、軽く睨まれ、

「私、騒々しいところはあんまり好きじゃないの」

と返されてしまった。

マモル（仮名）や彼の友達は、バブルが弾けた日本経済を大げさに憂いながら、クリスタルやパヴィヨンルージュのボトルを次々と開けていった。日本経済の後は、彼らの友人の話題。投資用にローンでマンションを買い、そのローンが払えなくなり、マンションを売却し

ようとしたら買った値段の半額にもならず、消息不明になった。挙句はどうやら首を吊ったらしいとかなんとか。家族に連絡をしても一切応じてくれないそうだ。

　バブルは崩壊していたとはいえ、街にはまだ活気の絞りかすがたくさんあった。私には、消息不明の友人の話はどこか別の世界で起こっていることのように感じられた。

　それからユカ（仮名）は水エムにもキング＆クイーンにも一切行かなくなって、仕事が忙しくなった私とはたまにお茶を飲むぐらいになった。久しぶりに会うと、その度にマモル（仮名）がなかなか煮え切らないことへの愚痴を聞かされた。この頃、次第に合コンという便利なシステムが世の中に認知されていく。彼が女子アナと合コンしたらしいという情報を得た時のユカ（仮名）はかなりあせっていた。客室乗務員という彼女の切り札を楽々と超えられた気がしたのだろう。

　だから、西麻布の「ルエル・ドゥ・ドゥリエール」に呼び出され、めでたく結婚することになったと聞かされた時、私も勝手に達成感を抱いた。久しぶりに会う彼女は落ち着いた大人の女性になっていて、毎週ディスコに行っていた時とは別人だった。

「おめでとう！」

　私がいうと、ユカ（仮名）はいたずらっぽくいった。

「リリちゃん、私の〝思い出〟は一生内緒だよ」

「わかってるって！」

何人かの派手な男性の顔が走馬灯のように思い浮かんだ。ふらふらとしている私と違って、ユカ（仮名）は着々と人生の駒を進めている。客室乗務員は辞めるとのことだった。せっかくキャリアを重ねてきたのにもったいないと思ったけれど、その言葉は仕舞い込んだ。生き方は人それぞれだ。

「披露宴をどこにするか決まっていないんだけど、リリちゃんには来て欲しいな」

世の中ではレストランでの披露宴が流行り始めていたけれど、ユカ（仮名）は結婚という人生最大のイベントに流行りを持ち込みたくないそうで、帝国ホテルがいいとのことだった。

私はいった。

「じゃあ、炎のアイスクリーム楽しみにしてるね」

帝国ホテルでは、披露宴のクライマックスに場内が暗転して、スタッフが数人、新郎新婦の前でアイスクリームケーキを青く燃やす演出がある。暗がりの中で揺れる青い炎には奥ゆかしさと力強さがあって、憧れる女子も少なくなかった。

「二次会も定番ぽいとこがいいから、そしたら『マハラジャ』かなあ。スタッフの人紹介してよ」

「え？　知らないの？　『マハラジャ』、9月で閉店だって。まあ、私も最後にいつ行ったのか思い出せないぐらいだけど」

「そうなんだ。ちょっとさびしいね」

ユカ（仮名）は言葉ではそういうものの、自分の幸せを味わうのに忙しそうで、それほど気に留めているようには思えなかった。私たちはふわふわのシフォンケーキを平らげ、甘い気持ちに包まれた。


山一證券廃業のニュースが新聞の一面を飾ったのは、それからほんの三ヶ月後だった。１９９７年11月24日のことだ。まだ一番大きなニュースはまずは朝刊の見出しで知る時代である。新聞受けからそれを取り出した時、印刷ミスかと思った。百年の歴史がある証券会社が倒産するなんて、ありえないことだったのだ。しかし、テレビのニュース番組で経営陣の記者会見が流され、これは現実のことなのだとわかった。

「私らが悪いんであって、社員は悪くありませんから」

社長は号泣しながら、そういった。「飛ばし」と呼ばれる帳簿記載外の投資が何年にもわたってあったとのことだったが、私にはさっぱり理解できなかった。理解できない分だけ、怖かった。マハラジャがなくなって、山一證券もなくなる。世の中で何が起こっているんだろうか。

ユカ（仮名）に連絡をしていいものかどうか、迷った。最近はたまにしか会わないから、不幸の覗き見をしているように受け取るかもしれない。さんざ迷ってから、電話をしたのは年が明けてからだった。

神宮外苑の「セラン」で待ち合わせた。

「結婚はね……、なくなった。マモル（仮名）が無職ではする自信がないって。私の親も暗に、あのニュースが婚約する前でよかった、みたいなことというし、向こうの親も結婚どころではないって感じになっちゃったし」

「そうなんだ……」

内心、そうなっているだろうと思っていた。マモル（仮名）とは別の山一証券社員の友人は、親戚の結婚披露宴を「縁起が悪いから欠席してくれ」といわれたと聞いた。

ユカ（仮名）は紅茶のカップを両手で抱えたままいった。

「でも、私はそれに逆らいたかったんだ。だって、マモル（仮名）のこと、好きだもん。別に山一證券の男じゃなくたって、好きになっちゃったんだから」

胸をこつんと叩かれた気がした。退職していたユカ（仮名）は、外資系のエアラインの面接を受けるという。なんとはげましていいのかわからなくて、私は無責任にいった。

「そうよ。結婚するしないに関係なく、仕事はしていた方がいいよ」

「うん。あのね……、まだ時々会ってるんだ。マモル（仮名）と。でも、お互い親には内緒なの。不倫でもないのに変だよね」

ユカ（仮名）は笑いながら、ちょっと泣いた。

✦ 六本木ヒルズ

かつて、六本木トンネルは壁だった。比喩なんかではなくて、青山と麻布十番の間は本当にコンクリートで分断されていたのだ。理由を気にしたことはなかった。私が六本木で遊ぶようになった時にはすでに壁があった。

この麻布十番のドン突きにあたるコンクリートの壁と乃木坂の健保会館の駐車場は車デートのハイライトだった。車がここに停まれば告白かキスが待っていた。友達の話だが、するとＢＭＷ３１８ｉが麻布十番のドン突きに着いたので、いよいよ好きだとかつきあって欲しいとかいわれるのかと言葉を待っていると、好きな子ができたからもう会うのをやめようといわれた。彼女は呆然として車を降り、芋洗坂をとぼとぼ登り六本木駅まで歩いたという。そういう時って六本木の喧騒が現実以上に楽しげに思えるんだよねえ。あくまでも、友人の話だけれど。

この壁は１９９３年に開通して、六本木トンネルと名付けられた。開通した当日、家で原稿を書いていたけれど、夜になって我慢できなくなって車を出し、一人でそこを通った。麻布十番方面から六本木トンネルを通り青山方面に向かい、青山デニーズの前でUターンして今度はトンネルの反対車線を通り麻布十番に戻って来ると、一ノ橋の交差点でUターンしてまたトンネルに向かう。何度も何度も。日付が変わっても、それを繰り返した。その日、何度トンネルを通ったかわからない。あの壁がなくなってしまったことが信じられなくて、確かめたのだ。

　六本木に「六本木ヒルズ」というものができるらしいと知ったのは、開業の一年前。エッセイの連載をしていた雑誌の編集部から新しい街を取材して書いて欲しいと依頼があった。六本木が生まれ変わるんだとか。ピンとこなかった。

　六本木ヒルズ準備室には新しい街の模型があった。大きな坂があって、その両側には高層ビルが整然と立ち並んでいた。それを空から見下ろしている気がした。これが六本木？　と思った。

　準備室のかたに六本木六丁目は１９８６年に再開発誘導地区に指定され、立ち退きに関して地元住民と勉強会を開き、話し合いを続けてきたことも聞いた。私はこの街を夜の遊び場としてしか認識していなかった。この街にも住む人がいて、彼ら彼女らの暮らしがあるのだ。

　２００３年４月、六本木ヒルズは開業した。開業当日の夜、青山での会食の帰りにタクシーで六本木トンネルを通った。トンネルを抜けると、右手には新しい街がそびえていた。ぴかぴかときれいで、清潔で、饒舌な景色だった。

どこか見知らぬ街に来たような気がした。場所だけではない、別の時代に来てしまった感覚におちいった。人の気配に満ちていて、いろんな匂いがして、猥雑でごちゃごちゃとした六本木が半分消えてしまった。今更もいいところだけれど、私はその時になってやっとバブル時代が終わっていることを知った。もう、どこにもあの頃の破片すらも残っていない。

まだ肌寒い夜だったけれど、途中でタクシーを降り、目的もなくけやき坂を歩いた。新しい時代の空気を吸いながら。

あとがき

映像の仕事をしている若い世代の友人に、八十年代のディスコについてアドバイスを求められた。彼が関わっている作品の中で、バブル時代の雰囲気を出すためにボディコンを着た女の子たちに扇子を持たせてパラパラを踊らせたいという。

いやいやいやいや、それバブル時代じゃないし、八十年代でもないから。ジュリアナ東京が開業したのはバブル時代の終わり頃の１９９１年で、人気になったのはそれから少し後のこと。ほとんど半裸みたいなぴちぴちのワンピース（あれはボディ・コンシャスともまた別のものですね）を着て羽でできた扇子を振り回す光景は、バブルが弾けてしまってからのものなのだ。

「それって世界第一次大戦と第二次大戦をごっちゃに語るようなものだよ」

そういっても、彼はピンとこないようだった。

これはもう、書き残しておくしかない。あの時代を経験した者としての義務だ。超現代日本の史実を正確に後世に伝えなければ！　なんて肩に力が入っちゃった。

弾けちゃったあの時代は、もう返ってこない。だから、記録したかった。

何しろ三十年も前のこと。記憶があやふやな部分も多々あった。何か参考になるものはないかと、家じゅうの棚という棚を探し回ったところ、ディスコやバーのマッチがたくさん出てきた。「トゥールズ・バー」「ミックス」「Ｊトリップバー」、そして「タクシー・レーン」に「トゥーリア」など。あの頃はみんなアクセサリーのように煙草をくわえていたから、マッチは必需品だった。そして、マッチのデザインは店の個性をアピールする媒体でもあった。マッチはビニールに包まれ、大切に保管されていた。若い頃の私は、夜になるとなんの目的もなく西麻布や六本木をふらふらして、退屈しのぎに煙草の煙を見つめていたけれど、いつかこうやって書くつもりだったのだろうか。そうでなければ、マッチを取っておいたりはしないはずだ。

本の表紙は都会的でファッショナブルな感じがいいと考えていた。八十年代のＡＯＲのジャケットみたいなね。しかし、ロビンソン愛子さんの現代春画を見た時、はっとした。現代史を記すつもりで描いていただけれど、もしかしたら、これは怪談なのかもしれないと気がついたのだ。あの絵には消えてしまった時間が漂っている。

絵を使わせてくださったロビンソンさん、ありがとうございました。すぐにサボる私に根気よく付き合ってくださった光文社の加藤ゆかりさんには頭が上がりません。

最後に、あの時代、私を顔パスで入れたくださった黒服の方々、そして朝まで一緒に遊んでくれた皆さまに感謝いたします。

２０２１初夏　海のそばにて

甘糟りり子

甘糟りり子（あまかすりりこ）

1964年横浜生まれ。幼い頃から鎌倉に暮らす。玉川大学を卒業後、アパレル会社勤務を経て文筆の道へ。クルマ、レストラン、ファッションなど、都会のきらめきをモチーフにした小説やコラムに定評がある。バブル世代の女性たちの40代を描いた『エストロゲン』（小学館文庫）や、現代に生きる女性やその家族が直面する問題を取り上げた『産む、産まない、産めない』『産まなくても、産めなくても』（ともに講談社文庫）は、読者の共感を呼びロングセラーとなっている。近著『鎌倉の家』（河出書房新社）、『鎌倉だから、おいしい。』（集英社）。

Instagram：@ririkong
Twitter：https://twitter.com/ririkong/
note：https://note.com/ririkong

カバー絵：ロビンソン愛子
ブックデザイン：スタジオ ギブ
JASRAC 出 2104731-101

バブル、盆《ぼん》に返《かえ》らず

2021年6月30日　初版第1刷発行

著　者　甘糟《あまかす》りり子《こ》
発行者　田邉浩司
発行所　株式会社　光文社
〒112-8011
東京都文京区音羽 1-16-6
電　話　編集部 03-5395-8172
書籍販売部 03-5395-8116
業務部 03-5395-8125
メール　non@kobunsha.com

落丁本、乱丁本は業務部へご連絡くだされば、お取替えいたします。

組　版　新藤慶昌堂
印刷所　新藤慶昌堂
製　本　榎本製本

ISBN978-4-334-95253-2